El fantasma de Manhattan

FREDERICK FORSYTH

EL FANTASMA DE MANHATTAN

Traducción de
Eduardo García Murillo

PLAZA & JANÉS EDITORES, S.A.

Título original: *The Phantom of Manhattan*

Primera edición: mayo, 1999

Printed in Spain – Impreso en España

ISBN: 84-01-01245-7
Depósito legal: B. 17.883 - 1999

Fotocomposición: Lozano Faisano, S. L.

Impreso en Hurope, S. L.
Lima, 3 bis. Barcelona

L 0 1 2 4 5 7

AGRADECIMIENTOS

En la empresa de intentar imaginar Nueva York en 1906, me prestaron una gran ayuda el profesor Kenneth T. Jackson, de la Universidad de Columbia, y el señor Caleb Carr, cuyos libros *El alienista* y *El ángel de la oscuridad* recrean de forma muy vívida cómo debió de ser vivir en Manhattan a principios de siglo.

Por la detallada descripción de los orígenes y desarrollo de Coney Island y sus parques de atracciones en el mismo período, debo dar las gracias al señor John B. Manbeck, el historiador oficial de la división administrativa de Brooklyn.

Para todos los temas relativos a la gran ópera, y en especial a la inauguración del teatro de la Ópera de Manhattan, celebrada el 3 de diciembre de 1906, recurrí nada menos que al señor Frank Johnson, editor de *The Spectator*, quien me prestó su valiosa colaboración, pues es muy probable que haya olvidado más sobre ópera de lo que yo sabré jamás.

La idea de intentar escribir una secuela de *El Fantasma de la Ópera* se deriva de una primera conversación con el propio Andrew Lloyd Webber. Fue durante posteriores e intensas discusiones que se gestó entre ambos el esbozo básico, y sigo agradecido por su imaginación y entusiasmo.

PREFACIO

Lo que ahora se ha convertido en la leyenda del Fantasma de la Ópera se gestó el año 1910 en la mente de un autor francés, hoy caído casi por completo en el olvido.

Como en los casos de Bram Stoker y Drácula, Mary Shelley y Frankenstein, Victor Hugo y Quasimodo, el Jorobado de Notre Dame, Gaston Leroux descubrió por casualidad un cuento popular y vio en él el núcleo de una auténtica tragedia. A partir de este hecho desarrolló su relato, pero las similitudes terminan aquí.

Las otras tres obras se convirtieron de inmediato en éxitos y aún hoy son leyendas conocidas por todos los lectores y aficionados al cine, así como por millones de personas más. En torno a Drácula y a Frankenstein se han forjado industrias enteras, con cientos de reediciones y recreaciones en película. Pero Leroux, ay, no era Victor Hugo. Cuando su librito se publicó en 1911, consiguió una breve popularidad, e incluso se publicó en capítulos en un periódico, antes de caer en el olvido más absoluto. Sólo una casualidad, once años después, cinco antes de la muerte de su autor, devolvió su fama al relato y lo encaminó hacia la inmortalidad.

Esa casualidad tomó la forma de un menudo judío alemán llamado Carl Laemmle, que había emigrado a Estados Unidos de pequeño y en 1922 se convirtió en presidente de la Universal Motion Pictures de Hollywood. En ese mismo año, fue de vacaciones a París. Por aquel tiempo, Leroux se había introducido en la humilde industria cinematográfica francesa, y debido a esa relación llegaron a conocerse.

Durante una conversación ocasional, el magnate del cine estadounidense habló a Leroux de la impresión que le había causado el enorme edificio de la Ópera de París, que en aquel momento todavía era el más grande del mundo en su género. Como respuesta, Leroux entregó a Laemmle un ejemplar del libro que había publicado en 1911, olvidado ya a aquellas alturas. El presidente de la Universal Pictures lo leyó en una noche.

Dio la casualidad de que Carl Laemmle tenía una oportunidad y un problema al mismo tiempo. La oportunidad consistía en su reciente descubrimiento de un extraño actor llamado Lon Chaney, un hombre dotado de un rostro tan expresivo que prácticamente podía adoptar cualquier forma que deseara. Como vehículo para Chaney, la Universal se había comprometido a rodar la primera versión del clásico de Hugo *Nuestra Señora de París*. Chaney debía encarnar al deforme y monstruoso Quasimodo. El decorado, que ya se estaba construyendo en Hollywood, era una enorme réplica en madera y yeso del París medieval, con Notre Dame en primer plano.

El problema de Laemmle era encontrar el siguiente proyecto para Chaney, antes de que algún estudio rival se lo robara. Al amanecer, comprendió que ya tenía el proyecto. Después del Jorobado, Chaney interpretaría el papel del Fantasma de la Ópera, igualmente desfigurado y repulsivo, pero mucho más trágico. Laemmle, como todos los buenos empresarios teatrales, sabía que la mejor forma de arrastrar a las masas al cine era aterrorizarlas. Llegó a la conclusión de que el Fantasma lo conseguiría, y acertó de pleno.

Compró los derechos, regresó a Hollywood y encargó la construcción de otro decorado, en esta ocasión el que representaba a la Ópera de París. Como tendría que aguantar el peso de cientos de extras, la réplica de la Ópera construida por la Universal fue la primera creada a base de vigas de acero embutidas en cemento. Por este motivo nunca fue desmontada, continúa incólume en el plató 28 de la Universal Pictures, y ha sido utilizada muchas veces a lo largo de estos años.

Lon Chaney encarnó por primera vez al Jorobado de Notre Dame y al Fantasma de la Ópera. Ambos filmes fueron grandes éxitos comerciales y labraron la inmortalidad de Chaney en esa clase de papeles. No obstante, fue el Fantasma quien más aterrorizó al público, de tal modo que las mujeres chillaban e incluso perdían el conocimiento, y en los vestíbulos de los cines se facilitaban gratuitamente sales aromáticas, un toque de relaciones públicas magistral.

Fue esta primera película, y no el olvidado libro de Leroux, la que capturó la imaginación del público y dio nacimiento a la leyenda del fantasma. Dos años después de su estreno, Warner Brothers lanzó *El cantor de jazz*, la primera película sonora, y la era del cine mudo terminó para siempre.

Desde entonces, la historia del Fantasma de la Ópera ha sido objeto de diversas versiones, pero en la mayor parte de los casos el argumento ha sido alterado hasta resultar irreconocible, y ha gozado de escaso éxito. En 1943, la Universal rodó una segunda versión, protagonizada por Claude Rains en el papel del fantasma, y en 1962, la Hammer Films británica, especializada en películas de terror, probó suerte de nuevo, con Herbert Lom en el papel principal. La versión televisiva de 1983, cuyo reparto encabezaba Maximilian Schell, siguió a la versión en clave de ópera rock de Brian de Palma, rodada en 1974. Más tarde, en 1984, un joven director británico produjo una vigorosa, aunque muy cursi, versión de la historia en un pequeño teatro del East London, pero en formato de musical. Entre los que leyeron las críticas y fueron a ver la obra se encontraba Andrew Lloyd Webber. Sin saberlo, el viejo relato del señor Leroux había llegado a otro punto crucial de su carrera.

En aquel tiempo, Lloyd Webber estaba trabajando en otro proyecto, que resultó ser *Aspects of Love*. Sin embargo, la historia del fantasma quedó grabada en su mente, y nueve meses después, en una librería de viejo de Nueva York, cayó en sus manos por casualidad una traducción inglesa de la novelita de Leroux.

Como sucede con casi todas las percepciones de extrema agudeza, la decisión de Lloyd Webber parece muy sencilla, pero estaba destinada a cambiar la actitud del mundo hacia esta leyenda tan manida. Comprendió que, en esencia, no se trataba de un relato de terror, basado en el odio y la crueldad, sino de una tragedia que giraba en torno al amor obsesivo y no correspondido entre un ser autoexiliado de la raza humana, víctima de desfiguraciones monstruosas, y una hermosa cantante de ópera que, al final, prefiere conceder su amor a un galán apuesto y aristocrático.

Andrew Lloyd Webber buceó en el núcleo de la historia, eliminó las incoherencias y crueldades innecesarias aportadas por Leroux, y extrajo la verdadera esencia de la tragedia. Sobre estas bases, construyó el musical más popular y triunfal de todos los tiempos, desde que hace catorce años se alzó el telón por primera vez. Más de diez millones de personas han visto ya *El Fantasma de la Ópera* en los escenarios, y si existe una percepción global de esta historia, se debe casi en su totalidad a la versión de Lloyd Webber.

No obstante, con el fin de comprender la historia esencial de lo que ocurrió en realidad (o en teoría), valdrá la pena dedicar unos momentos a examinar los tres ingredientes originales de los que nació la historia. Uno de ellos ha de ser la propia Ópera de París, un teatro tan asombroso que ni siquiera en nuestros días el fantasma podría haber existido en otro que no fuera ése. El segundo elemento es el mismo Leroux, y el tercero la novela que pergeñó en 1911.

Como tantos otros grandes proyectos, la Ópera de París fue concebida por casualidad. Una noche de enero de 1858, Napoleón III, emperador de Francia, fue con su consorte a la Ópera de París, situada entonces en un viejo edificio de una calle estrecha, la rue Le Peletier. Diez años después de una oleada revolucionaria que había sacudido Europa, aún se vivían tiempos convulsos, y un antimonárquico italiano apellidado Orsini eligió aquella noche para arrojar tres bombas incendiarias contra la carroza real. Todas estallaron, y dejaron una estela de más de ciento cincuenta víctimas, entre muertos y heridos. El emperador y la emperatriz, protegidos por su pesada carroza, salieron de ella temblorosos pero ilesos, e insistieron en asistir a la representación; sin embargo, Napoleón III decidió que París debía tener otro edificio de la ópera, que debería contar con una entrada especial para visitantes distinguidos como él, a quienes se podría proteger de bombas y otros elementos nocivos.

El prefecto de París, el genial planificador urbano barón Haussmann, creador de casi todo el París moderno, organizó un concurso de méritos entre los arquitectos más prestigiosos de Francia. Se presentaron 170 proyectos, pero el contrato fue a parar a las manos de una estrella imaginativa y vanguardista, Charles Garnier. Su proyecto, realmente impresionante, costaría una verdadera fortuna.

Se eligió el lugar (donde hoy se alza la Ópera) y las obras se iniciaron en 1861. Al cabo de pocas semanas surgió un problema muy grave. Las primeras excavaciones dejaron al descubierto un río subterráneo que atravesaba la zona. A medida que se excavaba, el agua llenaba los huecos. En una época más consciente de los costes, el proyecto se habría trasladado a una zona más idónea, pero Haussmann se opuso a cualquier cambio. Garnier instaló ocho bombas de vapor gigantescas, que funcionaron día y noche durante meses para secar el suelo empapado. Después, construyó dos enormes cajones neumáticos alrededor de la obra, y llenó el hueco entre ambos con bitumen, para impedir que el agua se filtrara en la zona de las obras. Fue sobre estos macizos muros de sostén que Garnier construyó su mole.

Tuvo éxito, aunque sólo en parte. Contuvo el agua hasta que las obras finalizaron en aquel nivel, pero luego se filtró formando un lago subterráneo debajo de los sótanos.

Incluso en nuestros días, el visitante puede bajar a estos niveles (se precisa un permiso especial) y mirar entre las rejas el lago subterráneo. Cada dos años se baja el nivel, para que técnicos subidos a bordo de bateas de fondo plano puedan inspeccionar los cimientos en busca de posibles daños.

Piso a piso, el gigante de Garnier se alzó hasta llegar al nivel del suelo, y después se expandió hacia adelante y hacia arriba. En 1870, los trabajos se paralizaron cuando otra revolución sacudió Francia, espoleada por la breve pero brutal guerra franco-prusiana. Napoleón III, depuesto, murió en el exilio. Fue declarada una nueva república, pero el ejército prusiano llegó a las puertas de París. La capital francesa desfallecía de hambre. Los ricos se comían los elefantes y jirafas del zoo, mientras los pobres sobrevivían a base de perros, gatos y ratas. París se rindió, los prusianos se fueron, pero la clase trabajadora se enfureció tanto debido a sus padecimientos que se alzó contra sus gobernantes.

Los insurrectos llamaron a su régimen la Comuna y a ellos mismos los *communards*, con cien mil hombres y cañones distribuidos por toda la ciudad. El Gobierno civil había huido, presa del pánico, y la Guardia Nacional se hizo con las riendas del país, formó una junta militar y aplastó a los insurrectos. No obstante, durante el tiempo que habían detentado el poder, los rebeldes habían utilizado el edificio de Garnier, con sus laberintos de sótanos y almacenes, como depósito de armas, pólvora... y prisioneros. En aquellas criptas se llevaron a cabo torturas y ejecuciones terribles, y muchos años después aún se seguían descubriendo esqueletos enterrados. Incluso hoy, no se puede bajar a aquellas profundidades sin experimentar escalofríos. Fue este mundo subterráneo y la idea de un eremita solitario y desfigurado que lo habitara al amparo de las sombras lo que fascinó a Gaston Leroux cuarenta años después, y disparó su imaginación.

En 1872, la normalidad se había restablecido, y Garnier prosiguió sus obras. En enero de 1875, casi diecisiete años después de que Orsini hubiera arrojado sus bombas, el teatro de la Ópera que su acto había espoleado celebró su gala de inauguración.

Abarca unos 11.000 metros cuadrados. Cuenta con 17 plantas, desde el sótano más profundo hasta el pináculo de la cúpula, pero únicamente hay 10 sobre el nivel del suelo y, por asombroso que parezca, siete por debajo de éste. En contraste, el anfiteatro es muy pequeño, con sólo 2.156 asientos, frente a los 3.500 de la Scala de Milán y los 3.700 del Met de Nueva York. Sin embargo, la parte posterior del escenario es enorme, con amplios camerinos para cientos de artistas, talleres, cantinas, departamentos de guardarropía y zonas de almacenaje para telones de fondo, de forma que decorados enteros de hasta 15 metros de altura y varias toneladas de peso pueden bajarse y guardarse sin necesidad de ser desmantelados, para luego volver a instalarlos cuando es necesario.

La cuestión sobre la Ópera de París es que siempre fue pensada como algo más que un espacio para representar teatro lírico. De ahí la relativa pequeñez del anfiteatro, porque gran parte del espacio no destinado a trabajar está ocupado por salas de recepción, salones, amplias escaleras y zonas destinadas a ofrecer una bienvenida majestuosa en las grandes recepciones de Estado. Aún conserva las 2.500 puertas, para cuya inspección los bomberos asignados para velar por la seguridad del teatro tardan más de una hora. En los días de Garnier, empleaba un equipo permanente de 1.500 personas (unas mil en la actualidad), y estaba iluminada por novecientos globos de luz de gas, alimentados por 15 kilómetros de tuberías de cobre. A lo largo de varias fases, durante los años ochenta del siglo XIX se introdujo la electricidad.

Éste era el colosal edificio que impresionó la vívida imaginación de Leroux cuando lo visitó en 1910 y oyó hablar por primera vez de que en una ocasión, años antes, había vivido un fantasma en el edificio, de que se extraviaban cosas, de que habían tenido lugar accidentes inexplicables, y de que una figura imprecisa había sido vista de vez en cuando, huyendo de rincones oscuros en dirección siempre a las catacumbas, donde nadie se atrevía a seguirle. Leroux creó su historia a partir de veinte años de rumores.

Por lo visto, el bueno de Gaston era la clase de hombre con quien a uno le encantaría tomar una copa en algún café de París, en el caso de que pudiera remontarse noventa años en el tiempo. Era corpulento, jovial, fanfarrón y risueño. *Bon vivant* y anfitrión generoso, muy excéntrico, con un par de antiparras colgadas siempre sobre la nariz para compensar la miopía.

Nació en 1868, y si bien era originario de Normandía, llegó a este mundo en París durante un cambio de trenes, pillando por sorpresa a su madre. Fue alumno aplicado en el colegio y, al estilo de los muchachos inteligentes de la clase media francesa, estaba destinado a ser abogado. A la edad de dieciocho años regresó a París para estudiar leyes, carrera que no le interesaba en absoluto. Tenía veintiún años cuando se graduó; el mismo año falleció su padre, quien le dejó un millón de francos de herencia, una fortuna considerable en aquellos tiempos. Apenas enterrado papá, el joven Gaston empezó a vivir por todo lo alto. Al cabo de seis meses, había gastado todo el dinero.

Lo que de verdad le atraía no era la abogacía, sino el periodismo, de modo que consiguió un trabajo de reportero en el *Écho* de París, y más tarde en *Le Matin*. Descubrió su amor por el teatro y escribió algunas críticas, pero fue su conocimiento de las leyes lo que le convirtió en el reportero estelar de los tribunales. Se le pidió en diversas ocasiones que presenciara ejecuciones por guillotina, lo cual le convirtió en enemigo acérrimo de la pena capital, una actitud muy poco frecuente en aquellos días. Demostró ingenio y audacia frente a la competencia, y obtuvo entrevistas con celebridades que casi siempre se negaban a recibir a los periodistas. *Le Matin* le recompensó con el trabajo de corresponsal en el extranjero.

Por entonces los lectores no ponían objeciones a que un corresponsal en el extranjero poseyera una fértil imaginación, y era cosa sabida que cuando un periodista alejado de su país no lograba averiguar los datos verdaderos de un reportaje, los inventaba. Existe el glorioso ejemplo de un periodista de la cadena Hearst que llegó en tren a algún lugar de los Balcanes con el objetivo de cubrir una guerra civil. Por desgracia, se durmió y despertó en la siguiente capital de la línea, donde reinaba una paz absoluta. Bastante perplejo, recordó que le habían enviado para cubrir una guerra civil, de modo que lo mejor era hacerlo. Redactó una vigorosa crónica de guerra. A la mañana siguiente, la leyó la embajada de aquel país en Washington, que la remitió a su Gobierno. Mientras el hombre de Hearst continuaba durmiendo, las autoridades del país en cuestión movilizaron a la milicia. Los campesinos, temerosos de un pogromo, se alzaron en armas. Empezó una verdadera guerra civil. El periodista despertó justo a tiempo de recibir un telegrama de Nueva York, en el que se le felicitaba por su labor. Era en estas circunstancias en que Gaston Leroux se movía como pez en el agua.

Sin embargo, los viajes eran entonces mucho más penosos y agotadores que ahora. Después de diez años de cubrir noticias por toda Europa, incluida Rusia, Asia y África, se había convertido en una celebridad, pero estaba exhausto. En 1907, a la edad de treinta y nueve años, decidió sentar la cabeza y escribir novelas. El objetivo de todas ellas era muy sencillo, ganar dinero, y es por este motivo por lo que nada de lo que escribió se encuentra disponible. La mayor parte de sus historias eran relatos de intriga, y Leroux aportó su propio detective, pero su creación nunca se convirtió en Sherlock

Holmes, su ídolo personal. Aún así, se ganó bien la vida, disfrutó cada momento de ella, gastó sus anticipos con tanta rapidez como los editores se los entregaban, y pergeñó 63 libros en sus veinte años de escritor profesional. Murió en 1927 a la edad de cincuenta y nueve años, apenas dos después de que la versión de Carl Laemmle de *El Fantasma de la Ópera*, protagonizada por Lon Chaney, se estrenara.

Cuando hoy examinamos el texto original, nos encontramos en un apuro. La idea básica existe, y es brillante, pero el pobre Gaston la desarrolla muy mal. Empieza con una introducción, precedida por su nombre, y afirma que todo lo que se expone en el libro es verdad. Esto es algo muy peligroso. Sostener sin lugar a dudas que una obra de ficción es absolutamente cierta, y por lo tanto una crónica histórica, equivale a ofrecerse como rehén a la fortuna y al lector escéptico, porque a partir de ese momento toda afirmación susceptible de ser comprobada ha de ser verdadera. Leroux rompe esta regla en casi todas las páginas.

Un autor puede empezar una historia «en frío», como si narrara una historia verdadera pero sin decirlo, para que el lector adivine si lo que está leyendo es cierto o no. Un buen truco de esta metodología consiste en intercalar en la ficción elementos verificables, que el lector pueda recordar o comprobar. Entonces, la perplejidad se ahonda en la mente del lector, pero el autor es inocente de una mentira descarada. No obstante, esto comporta una regla de oro: todo cuanto digas ha de ser demostrable o completamente indemostrable. Por ejemplo, un autor podría escribir:

«Al amanecer del 1 de septiembre de 1939, cincuenta divisiones del ejército de Hitler invadieron Polonia. A la misma hora, un hombre de voz afable, con documentación falsificada a la perfección, llegó desde Suiza a la estación principal de Berlín, y desapareció en la ciudad que despertaba.»

Lo primero es un hecho histórico, en tanto que lo segundo no puede demostrarse o dejar de demostrarse. Con un poco de suerte, el lector creerá que ambos datos son auténticos, y continuará leyendo. Sin embargo, Leroux empieza por decirnos que todo cuanto va a revelarnos es verdadero, y se apoya para ello en supuestas conversaciones con testigos de los hechos auténticos, lecturas de expedientes y diarios recién descubiertos (por él) que nadie había visto antes.

Pero a continuación, su narración se dispara en diferentes direcciones, desemboca en callejones sin salida y da marcha atrás, pasa de puntillas junto a una serie de misterios inexplicables, afirmaciones no demostradas e incongruencias, y entonces es cuando a uno le entran ganas de hacer lo mismo que Andrew Lloyd Webber; es decir, coger un rotulador y eliminar la paja para devolver la historia a lo que es: un cuento asombroso pero verosímil.

Al ser tan crítico con el señor Leroux, sería justo y apropiado justificar estas censuras con algunos ejemplos. Apenas iniciado el libro, se refiere al fantasma como a Erik, pero sin explicar cómo averiguó este nombre. El fantasma no era propenso a hablar de trivialidades, ni tampoco estaba acostumbrado a presentarse al primero que pasaba. Leroux no se va por las ramas, y sólo podemos suponer que lo supo gracias a madame Giry, de quien hablaremos más adelante.

Ante nuestra perplejidad, Leroux narra toda su historia sin decir la fecha en que ocurrió. Para un periodista de investigación, cosa que afirma ser, se trata de una omisión muy peculiar. La pista más cercana es una sola frase de su introducción. Escribe: «Los acontecimientos no distan de hoy más de treinta años.»

Esto condujo a algunos críticos a restar treinta años de la fecha de aparición del libro, 1911, y dar por buena la de 1881, pero el «no más de» también puede significar mucho menos, y algunas pequeñas pistas indican que la fecha de la historia fue bastante posterior a 1881, hacia 1893. La principal de estas pistas es el problema del apagón total de las luces del anfiteatro y el escenario, que no duró más de unos segundos.

Según Leroux, el fantasma, indignado por el rechazo de la muchacha a la que amaba con pasión obsesiva, decide secuestrarla. Para conseguir el máximo efecto, elige el momento en que se encuentra en el centro del escenario, durante la representación de *Fausto* (en el musical, Lloyd Webber ha cambiado esta obra por *Don Juan triunfante*, una ópera compuesta por el propio fantasma). Las luces se apagan de repente y el teatro queda sumido en la oscuridad. Cuando vuelven a encenderse, la joven ha desaparecido. Esto es imposible con novecientos globos de gas.

Un misterioso saboteador que supiera orientarse en el laberíntico edificio podría manipular la palanca maestra que corta el suministro de gas a esta miríada de globos, pero se apagarían en sucesión, a medida que el suministro de fluido se agotara, y después de muchos chisporroteos y chasquidos. Peor aún, como el reencendido automático no se conocía entonces, sólo podría volver a encenderlas una persona provista de una vela, y de una en una. En eso consistía la humilde profesión de lamparero. La única forma de provocar una oscuridad absoluta al accionar un interruptor, y devolver la luz al milisegundo siguiente, es manipular el control maestro de un sistema de iluminación eléctrica.

Por lo visto, también se equivocó en el cargo, la apariencia y la inteligencia de madame Giry, un error corregido en el musical de Lloyd Webber. Esta dama aparece en el libro original como una mujer de la limpieza de escasas luces, cuando, de hecho, era la directora del coro y el cuerpo de ballet, que escondía tras la apariencia de un sargento de caballería (necesario para controlar a un grupo de muchachas excitables) un alma compasiva y tenaz.

Debemos perdonar esto a Leroux, porque confiaba en la memoria humana, la de sus informadores, y está claro que le describieron a otra mujer. No obstante, cualquier policía o periodista destacado en los tribunales confirmará que a los testigos, gente honrada y recta, les cuesta ponerse de acuerdo en el tribunal, así como recordar con precisión los acontecimientos que presenciaron el mes anterior, no digamos ya dieciocho años antes.

En un error mucho más evidente, Leroux describe un momento en que el fantasma, enfurecido, provoca la caída de la araña del techo sobre el auditorio, aunque sólo aplasta a una mujer. Que esta dama resulte ser la mujer contratada para sustituir a la amiga despedida del fantasma, madame Giry, es un toque encantador del narrador. Lo malo es cuando especifica que la lámpara pesaba doscientos mil kilos, esto es, doscientas toneladas, suficiente para arrancarla de cuajo, junto con la mitad del techo. La araña pesa siete toneladas. Pesaba eso cuando la instalaron, y todavía sigue ahí.

Empero, el más grotesco desvío por parte de Leroux de casi todas las reglas de la investigación y el periodismo, sucede hacia el final del libro, cuando queda fascinado por un misterioso personaje conocido sólo como «el Persa». Se menciona brevemente en un par de ocasiones a este extraño farsante en los primeros dos tercios de la historia, y de pasada. Sin embargo, después del secuestro de la soprano, Leroux permite que este hombre se apodere de la narración y durante el último tercio del libro cuente toda la historia a través de sus propios ojos. Y la historia es muy poco plausible.

Leroux nunca intenta apoyar sus alegaciones. Si bien, en teoría, el joven vizconde Raoul de Chagny se encontraba presente en todas las fases de los acontecimientos narrados por el Persa, Leroux afirma que más tarde no consiguió dar con el vizconde para verificar la historia. Claro que pudo hacerlo.

Nunca sabremos por qué el Persa odiaba tanto al fantasma, pero la versión que pintó de éste le condenaba al infierno sin paliativos. Antes de la intervención del Persa, Leroux el escritor y la mayoría de los lectores tal vez albergaran cierta compasión por el fantasma. Se trataba de un ser monstruosamente desfigurado en una sociedad que muy a menudo relaciona fealdad con pecado, pero no era culpa suya. Es evidente que estaba lleno de odio hacia la sociedad, pero rechazado y exiliado, debió de llevar una vida espantosa. Hasta la aparición del Persa, es posible ver a Erik como la Bestia y a la cantante como la Bella, pero no a un ser perverso.

Sin embargo, el Persa lo describe como un sádico desaforado, un asesino múltiple y un estrangulador compulsivo, alguien que se complace en diseñar cámaras de torturas y espiar por una mirilla a los desdichados que agonizan en ellas, un hombre que había trabajado durante años al servicio de la emperatriz de Persia, tan sádica como él, e imaginaba para ella los tormentos más horrorosos, con el fin de infligirlos a los prisioneros.

Según el Persa, cuando descendió con el joven aristócrata a los sótanos más profundos para intentar rescatar a la secuestrada Christine, fueron capturados, encerrados en una cámara de torturas y casi asados vivos, pero después escaparon como por ensalmo, perdieron el conocimiento y despertaron sanos y salvos, al igual que Christine. Es una historia ridícula. Sin embargo, Leroux admite al final del libro que abriga cierta compasión por el fantasma, un sentimiento imposible si hay que creer al Persa. En todos los demás detalles, parece que Leroux se ha tragado todas las mentiras del Persa, con anzuelo incluido.

Por suerte, hay un defecto tan flagrante en la historia del Persa que nos permite rechazarla en su totalidad. Afirmaba éste que Erik había disfrutado de una vida larga y placentera antes de ir a morar en los sótanos de la Ópera. Según él, este hombre desfigurado había viajado a lo largo y ancho de la Europa occidental, central y oriental, hasta el corazón de Rusia y el golfo Pérsico. Después, regresó a París y se convirtió en contratista del edificio de la Ópera de París bajo las órdenes de Garnier, lo cual es absurdo.

Si el hombre hubiera disfrutado de semejante vida durante tantos años, se habría reconciliado con su desfiguramiento. Por ser un contratista del edificio de la Ópera tuvo que presidir muchas reuniones de negocios, hablar con los arquitectos, negociar con subcontratistas y obreros. ¿Por qué demonios decidió exiliarse bajo tierra? ¿Por qué no podía mirar a la cara a los demás miembros de la raza humana? Un hombre como éste, con su astucia e inteligencia, habría ganado una buena cantidad de dinero gracias a su trabajo de contratista, y después se hubiera retirado a la comodidad de su casa de campo, para vivir el resto de sus días en un aislamiento voluntario, atendido tal vez por un mayordomo inmune a su fealdad.

El único paso lógico que puede tomar un analista moderno, como ya ha hecho Andrew Lloyd Webber con el musical, es desechar en su totalidad las declaraciones y alegaciones del Persa, sobre todo al negar validez a las aseveraciones de éste y de Leroux en el sentido de que el fantasma murió poco después de los acontecimientos narrados. El camino más sensato a seguir es volver a lo básico y a aquellas cosas que podemos saber o deducir a partir de la lógica. Son las siguientes:

Que en algún momento de la década de 1880 un pobre desfigurado, para huir del contacto con una sociedad que, en su opinión, le odiaba y vilipendiaba, buscara refugio y se instalara en el laberinto de sótanos y salas de almacenaje situados bajo la Ópera de París, no es una idea tan descabellada. Hay prisioneros que han sobrevivido muchos años en mazmorras subterráneas, pero siete pisos diseminados a lo ancho de una hectárea y media no constituyen un recinto muy confinado. Hasta las secciones subterráneas de la Ópera (y cuando el edificio se vaciaba por completo, él podía vagar por los niveles superiores sin que nadie le molestara) son como una pequeña ciudad, con todo lo necesario para sobrevivir sin excesivas dificultades.

Que a lo largo de los años empezaran a circular rumores, entre el personal impresionable y crédulo, de que se extraviaban demasiadas cosas, y de que en alguna ocasión se había sorprendido a una figura tenebrosa antes de huir hacia la oscuridad, tampoco es una tontería. Tales rumores abundan en edificios tenebrosos.

Que en 1893 sucedió algo extraño que puso fin al reino del fantasma. Al mirar desde un palco cercano al escenario, como estaba acostumbrado a hacer, distinguió a una encantadora joven suplente y se enamoró irremediablemente de ella. Autodidacta, después de escuchar durante años las más bellas voces de Europa, educó la voz de la joven hasta que una noche, en sustitución de la diva, puso a todo

París en pie debido a la claridad y pureza de su canto. Una vez más, esto no es imposible, porque la fama de la noche a la mañana, gracias a la revelación de un talento soberbio pero hasta entonces insospechado, es el material de que están hechas las leyendas del mundo del espectáculo, y hay muchas.

Que los acontecimientos terminaron en tragedia porque el fantasma creía que Christine le correspondería. Pero la cortejaba un apuesto y joven vizconde, Raoul de Chagny, de quien ella se enamoró. Enloquecido por la rabia y los celos, el fantasma secuestró a la joven soprano en el mismísimo escenario de la Ópera, en plena representación, y la llevó a su santuario, el séptimo y más profundo nivel de las catacumbas, junto a la orilla del lago subterráneo.

Y allí, algo pasó entre ellos, aunque ignoramos qué. Entonces, apareció el joven vizconde con el propósito de rescatarla, pese al terror que le inspiraban la oscuridad y las cavernas. Pudiendo elegir, Christine se decantó por su Adonis. El fantasma tuvo la oportunidad de matarles a los dos, pero cuando empezó a irrumpir la muchedumbre ansiosa de venganza, con antorchas encendidas que iluminaban la oscuridad, perdonó la vida a ambos y desapareció en las últimas sombras.

Antes, sin embargo, ella le devolvió un anillo de oro que el fantasma le había entregado como prenda de su amor. Y dejó atrás, para que sus perseguidores lo encontraran, un recuerdo burlón: una caja de música en forma de mono que tocaba una pieza titulada *Masquerade*.

Ésta es la historia del musical de Lloyd Webber, y es la única que tiene sentido. El fantasma, destrozado y rechazado de nuevo, se desvaneció y nunca más se oyó hablar de él.

¿O... sí?

1

LA CONFESIÓN DE ANTOINETTE GIRY

Hospicio de las Hermanas de la Caridad de la orden de San Vicente de Paúl, septiembre de 1906

Hay una grieta en el enlucido del techo, muy por encima de mi cabeza, y cerca de ella una araña está tejiendo su red. Es extraño pensar que la araña me sobrevivirá, que seguirá aquí cuando yo me haya ido, dentro de unas horas. Buena suerte, arañita, que tejas una tela para atrapar moscas con las que alimentar a tus bebés.

¿Cómo he llegado hasta aquí? ¿Cómo es posible que yo, Antoinette Giry, de cincuenta y ocho años de edad, esté tendida en la cama de un hospicio consagrado al servicio de los habitantes de París, a cargo de las buenas hermanas, a punto de encontrarme con mi Hacedor? Creo que no he sido una persona muy buena, o al menos no tan buena como estas monjas que limpian sin cesar, ligadas por sus votos de pobreza, castidad, humildad y obediencia. Yo nunca lo habría conseguido. Tienen fe. Yo nunca pude tener esa fe. ¿Ha llegado ya el momento de que aprenda? Es probable. Porque me iré antes de que el cielo nocturno abarque esa ventanita situada allí en lo alto, en el límite de mi visión.

Estoy aquí, supongo, porque me quedé sin dinero. Casi,

al menos. Debajo de la almohada hay una bolsa cuya existencia nadie conoce, pero es para un propósito especial. Hace cuarenta años yo era bailarina, delgada, joven y hermosa, o eso decían los chicos, cuando venían a la entrada de artistas. Y ellos también eran guapos, con aquellos cuerpos jóvenes, limpios, perfumados y firmes, que podían dar y tomar tanto placer.

El más guapo de todos era Lucien. Todas en el coro le llamaban Lucien le Bel, y su cara conseguía que el corazón de las chicas retumbara como un tambor. Me llevó un domingo soleado al Bois de Boulogne y se me declaró, hincando una rodilla, como debe ser, y yo le acepté. Un año después, los cañones prusianos le mataron en Sedan. Ya no quise volver a casarme durante mucho tiempo, casi diez años, mientras bailaba en el ballet.

Tenía veintiocho años cuando terminó mi carrera de bailarina. Para empezar, había conocido a Jules, contrajimos matrimonio y quedé embarazada de Meg. Para ser más concreta, estaba perdiendo mi agilidad, yo, la bailarina más veterana del coro, que luchaba cada día por conservarse delgada y flexible. Pero el director, un hombre todo corazón, fue muy bueno conmigo. La directora del coro se iba a retirar. Dijo que yo tenía experiencia y no deseaba buscar fuera de la Ópera a su sucesora. Me nombró *Maîtresse du Corps de Ballet.* En cuanto Meg nació y la puse al cuidado de una niñera, afronté mis responsabilidades. Fue en 1876, un año después de la inauguración del nuevo y magnífico teatro de la Ópera. Por fin nos librábamos del hacinamento en que vivíamos en la rue Le Peletier, la guerra había terminado, los daños sufridos por mi amado París habían sido reparados y vivíamos felices. Ahora la llaman la Belle Époque, y en verdad fue bella.

Ni siquiera me importó cuando Jules conoció a su obesa amiga belga y se fugó a las Ardenas. De buena me libré. Al menos tenía un trabajo, que era más de lo que él podía decir. Ganaba lo suficiente para pagar mi pequeño apartamento, criar a Meg y contemplar cada noche a mis chicas, que deleitaban a todas las testas coronadas de Europa. Me pregunto qué fue de Jules. Ya es demasiado tarde para empezar a investigar. ¿Y Meg? Bailarina de ballet y corista como su madre (al menos pude hacer eso por ella), hasta la espantosa caída de hace diez años, que le dejó la rodilla derecha rígida para siempre. Incluso entonces tuvo suerte, debido en parte a mi intervención. Ayuda de cámara y doncella personal de la diva más grande de Europa, Christine de Chagny. Bien, pasando por alto a Melba, esa australiana grosera, ¿dónde estará Meg ahora? En Milán, Roma, Madrid. Donde cante la diva. Y pensar que estaba acostumbrada a gritar a la vizcondesa de Chagny para que prestara atención y no se saliera de la línea.

¿Qué estoy haciendo aquí, esperando una tumba demasiado temprana? Bien, me jubilé hace ocho años, cuando cumplí los cincuenta. Se portaron muy bien conmigo. Los discursos habituales, llenos de lugares comunes. Y una generosa bonificación por mis veintidós años de directora. Lo suficiente para ir tirando. Más unas cuantas clases particulares para las hijas, increíblemente torpes, de los ricos. No era mucho, pero sí suficiente. Y unos ahorritos. Hasta la primavera pasada.

Fue cuando empezaron los dolores, al principio ocasionales, pero repentinos y agudos, en el bajo vientre. Me dieron bismuto para la indigestión y me cobraron una pequeña fortuna. Yo no sabía que llevaba en mi interior al cangrejo de acero, que hundía sus grandes garras en mí y crecía mientras se alimentaba. No lo supe hasta julio. Para entonces fue demasiado tarde. Por eso estoy acostada aquí, intentando no llorar de dolor, a la espera de la siguiente cucharada de la diosa blanca, el polvillo procedente de las amapolas de Oriente.

Ya no tendré que esperar mucho más al sueño eterno. Ni siquiera estoy asustada. ¿Será Él misericordioso conmigo? Eso espero, seguro que eliminará el dolor. Me remonto al pasado y veo a todas aquellas chicas a las que enseñaba, y a mi hermosa Meg, con su rodilla rígida a la espera de encontrar a su hombre. Confío en que encuentre a uno que sea bueno. Y también pienso en mis hijos, por supuesto, mis dos adorables y trágicos hijos. Sobre todo, pienso en ellos.

—Señora, el abad está aquí.

—Gracias, hermana. No veo muy bien. ¿Dónde está?

—Estoy aquí, hija mía, soy el padre Sebastián. A tu lado. ¿Sientes mi mano sobre tu brazo?

—Sí, padre.

—Deberías reconciliarte con Dios, *ma fille*. Estoy preparado para escuchar tu confesión.

—Ha llegado el momento. Perdóneme, padre, porque he pecado.

—Dime, hija mía. No ocultes nada.

—Hace mucho tiempo, en el año 1882, hice algo que cambió muchas vidas. Actué guiada por impulsos y motivos que consideré buenos. Yo tenía treinta y cuatro años, era la directora del cuerpo de ballet de la Ópera de París. Estaba casada, pero mi marido me había abandonado por otra mujer.

—Has de perdonarles, hija mía. El perdón es parte de la penitencia.

—Oh, sí, padre. Hace mucho tiempo que les perdoné.

Pero tenía una hija, Meg, que sólo contaba seis años. Había un parque de atracciones en Neuilly, y la llevé un domingo. Había tiovivos, motores de vapor y monos amaestrados que recogían céntimos para el hombre del organillo. Meg nunca había visto un parque de atracciones. También había un espectáculo de fenómenos de feria. Una hilera de tiendas con carteles que anunciaban al hombre más fuerte del mundo, los enanos acróbatas, un hombre tan cubierto de tatuajes que no quedaba ni un centímetro de su piel visible, un negro de dientes puntiagudos con la nariz atravesada por un hueso, la mujer barbuda...

»Al final de la hilera había una especie de jaula sobre ruedas, con los barrotes espaciados entre sí casi treinta centímetros, y el suelo cubierto de paja sucia y apestosa. Pese al sol, el interior de la jaula no se veía bien, de modo que miré para ver al animal que albergaba. Oí un tintineo de cadenas y vi algo acurrucado en la paja. Entonces, apareció un hombre.

»Era grande y corpulento, con una cara grotesca y roja. Llevaba una bandeja sujeta por una cinta que colgaba de su cuello. Contenía boñigas de caballo, que había recogido del establo de los ponis, y trozos de fruta podrida. "Pruebe, señora", dijo, "a ver si le da al monstruo. Un céntimo por lanzamiento". Después, se volvió hacia la jaula y gritó: "Ven, acércate o cobrarás." Las cadenas tintinearon de nuevo, y algo más animal que humano se arrastró hacia la luz, más cerca de los barrotes.

»Comprobé que en verdad se trataba de un ser humano, aunque costaba reconocerlo. Un varón harapiento y sucio, que masticaba un trozo de manzana. Al parecer, vivía de lo que la gente le echaba. Había basura y heces pegadas a su cuerpo delgado. Tenía esposas en torno a las muñecas y los tobillos, y el acero se había hundido en su carne hasta dejar heridas abiertas, en las que se retorcían gusanos. Pero fueron la cara y la cabeza lo que provocaron que Meg estallara en llanto.

»El cráneo y la cara estaban deformados de forma atroz, y el primero sólo albergaba algunos mechones de pelo sucio. Todo un lado de la cara estaba deformado, como si un martillo monstruoso le hubiera golpeado mucho tiempo atrás, y la piel de su rostro se veía en carne viva, deforme, como cera de vela fundida. Los ojos estaban hundidos en unas cuencas arrugadas y deformes. Sólo la mitad de la boca y una sección de la mandíbula habían escapado a la deformación, y hasta parecían normales.

«Meg sostenía una manzana caramelizada. No sé por qué, pero se la cogí, me acerqué a los barrotes y la metí entre ellos. El hombre corpulento se enfureció y me acusó de pretender despojarlo de su medio de subsistencia. No le hice caso y apreté la manzana caramelizada contra las manos mugrientas que esperaban detrás de los barrotes. Y miré a los ojos del monstruo deforme.

»Padre, hace treinta y cinco años, cuando el ballet fue clausurado durante la guerra franco-prusiana, yo estaba entre los que atendían a los heridos procedentes del frente. He visto hombres agonizantes, les he oído gritar de dolor, pero nunca he visto sufrimiento como el que transmitían aquellos ojos.

—El dolor forma parte de la condición humana, hija mía, pero lo que hiciste aquel día con la manzana caramelizada no fue un pecado, sino un acto de compasión. Debo escuchar tus pecados para darte la absolución.

—Pero volví aquella noche y lo robé.

—¿Cómo?

—Fui al teatro de la Ópera antiguo, cogí una lima gruesa de la carpintería y una gran capa negra del guardarropa, alquilé un cabriolé y regresé a Neuilly. El campo del parque de atracciones estaba desierto a la luz de la luna. Los artistas dormían en sus carromatos. Los perros empezaron a ladrar, pero les arrojé pedazos de carne. Encontré la jaula, retiré la barra de hierro que la cerraba, abrí la puerta y le hablé a aquel ser en voz baja.

»Estaba encadenado a una pared. Corté las cadenas de las muñecas y los tobillos y le insté a salir. Parecía aterrorizado, pero cuando me vio a la luz de la luna, salió arrastrándose y saltó al suelo. Le envolví en la capa, cubrí con la capucha aquella cabeza horrible y le guié hasta el carruaje. El cochero refunfuñó al percibir el olor pestilente, pero le di una buena propina y nos condujo hasta mi piso, situado detrás de la rue Le Peletier. ¿Llevármelo fue un pecado?

—Fue un delito contra la ley, eso es seguro, hija mía. Pertenecía al propietario del parque, por brutal que fuera el hombre. En cuanto a una ofensa a Dios... No lo sé. Creo que no.

—Hay más, padre. ¿Tiene tiempo?

—Nos espera la eternidad, así que bien puedo dedicarte unos minutos más, pero recuerda que tal vez haya otros moribundos aquí que me necesiten.

—Le escondí en mi pequeño apartamento durante un mes, padre. Tomó un baño, el primero de su vida, y luego otros y muchos más. Desinfecté las heridas abiertas y las vendé, para que se curaran poco a poco. Le di ropas de mi marido y comida, para que recobrara la salud. También por primera vez en su vida durmió en una cama de verdad, con sábanas. Meg se vino a dormir conmigo, porque el hombre la aterrorizaba. Descubrí que él también se paralizaba de miedo si alguien se acercaba a la puerta, y huía para esconderse debajo de la escalera. Descubrí asimismo que sabía hablar, en un francés con acento alsaciano, y a lo largo de aquel mes me relató lentamente su historia.

»Se llamaba Erik Muhlheim, y nació hace justo cuarenta años. Alsacia era entonces francesa, pero Alemania no tardó en anexionarla. Era el hijo único de una familia de artistas de circo, que vivía en una carreta y viajaba sin cesar de ciudad en ciudad.

»Me explicó que, cuando era pequeño, había averiguado las circunstancias de su nacimiento. La comadrona había chillado al ver el diminuto niño que salía al mundo, porque ya entonces estaba horriblemente desfigurado. Tendió el cuerpecito a la madre y salió corriendo, mientras gritaba (mujer estúpida) que había dado a luz al diablo.

»Así llegó el pobre Erik, destinado desde la cuna a ser odiado y rechazado por gente convencida de que la fealdad es la expresión externa del pecado.

»Su padre era el carpintero, mecánico y factótum del circo. Verle trabajar fue lo que desarrolló el talento de Erik para fabricar lo que fuera valiéndose de herramientas y de sus manos. Fue en las casetas donde observó las técnicas del ilusionismo, con espejos, trampillas y pasadizos secretos, que más tarde, cuando viviera en París, desempeñarían un papel importante.

»Pero su padre era un bruto borrachín que azotaba al niño constantemente, con excusa o sin ella, y su madre una inútil que se sentaba en un rincón y lloraba. Como el dolor y las lágrimas habían sido la constante de su joven vida, intentaba evitar el carromato y dormía sobre la paja con los animales del circo, en especial los caballos. Tenía siete años, y pasaba las noches en los establos, hasta que la carpa se incendió.

»El fuego puso fin al circo. Los empleados y artistas se dispersaron en busca de nuevas oportunidades. El padre de Erik, sin trabajo, se dedicó a beber sin freno. Su madre huyó y encontró trabajo de criada en la cercana Estrasburgo. Cuando se quedó sin dinero para la bebida, su padre vendió al niño al dueño de un espectáculo de fenómenos de feria que acertó a pasar por allí.

»Pasó nueve años en la jaula, acribillado a diario con excrementos y basura para diversión de la chusma cruel. Tenía dieciséis años cuando le encontré.

—Un relato penosísimo, hija mía, pero ¿qué tiene que ver con tus pecados mortales?

—Paciencia, padre. Escúcheme bien y lo comprenderá, porque nadie en este mundo ha sabido jamás la verdad. Escondí a Erik en mi apartamento durante un mes, pero no podía seguir así. Había vecinos, visitantes. Una noche le llevé a mi puesto de trabajo, la Ópera, y encontró su nuevo hogar.

»Por fin había encontrado refugio, un escondite donde nunca nadie podría encontrarle. Pese a su terror a las llamas, cogió una antorcha y bajó hasta los sótanos inferiores, donde la oscuridad ocultaría su terrible cara. Con madera y herramientas del taller de carpintería construyó su casa junto a la orilla del lago. La amuebló con piezas del departamento de utilería, y telas procedentes de guardarropía. De madrugada, cuando todo estaba desierto, iba a la cantina en busca de comida, e incluso asaltaba la despensa del director, donde siempre había bocados exquisitos. Y leía.

»Se hizo con una llave de la biblioteca de la Ópera y pasó años dándose la educación que nunca había recibido.

Noche tras noche, a la luz de una vela, devoraba los libros de la biblioteca, que es enorme. La mayor parte de las obras versaban sobre música y ópera, por supuesto. Llegó a conocer todas las óperas escritas y todas las notas de cada aria. Gracias a sus habilidades manuales, creó un laberinto de pasadizos secretos que sólo él conocía, y como mucho tiempo antes había practicado con los funámbulos del circo, era capaz de correr por los pasajes más elevados y angostos sin miedo. Vivió allí durante once años, y se convirtió en un hombre subterráneo.

»Los rumores no tardaron en esparcirse, claro está. Por las noches, desaparecía comida, ropa, velas, herramientas. Unos empleados crédulos empezaron a hablar del fantasma de los sótanos, hasta que al final todo accidente sin importancia (muchas tareas son peligrosas tras las bambalinas) se achacaba al misterioso fantasma. Así nació y creció la leyenda.

—*Mon Dieu*, pero si yo he oído hablar de esto. Diez años... No, han de ser más... Me llamaron para dar la extremaunción a un pobre desgraciado al que encontraron ahorcado. Alguien me dijo que el fantasma lo había hecho.

—El hombre se llamaba Buquet, padre. Pero no fue Erik. Joseph Buquet pasaba por períodos de depresión, y no cabe duda de que se quitó la vida. Al principio, agradecí los rumores, pues pensé que mantendrían a salvo a mi pobre hijo, pues así le consideraba, en su pequeño reino de penumbras debajo de la Ópera, y tal vez habría sido así, hasta aquel horrible otoño del noventa y tres. Cometió una locura, padre. Se enamoró.

»Ella se llamaba Christine Daae. Es probable que hoy la conozca como la vizcondesa de Chagny.

—Pero eso es imposible. No...

—Sí, la misma; entonces era una corista a mi cargo.

Como bailarina no era muy buena, pero poseía una voz pura y cristalina. Le faltaba preparación. Erik había escuchado noche tras noche las mejores voces del mundo. Había estudiado los textos, sabía cómo debía prepararla. Cuando terminó, ella actuó en el papel principal una noche, y por la mañana se había convertido en una estrella.

»Mi pobre, feo y exiliado Erik pensó que tal vez ella le correspondería, pero eso era imposible. Porque ella ya había encontrado a su elegido. Impulsado por la desesperación, Erik la secuestró una noche, en el mismísimo escenario, en mitad de la representación de la ópera que había compuesto, *Don Juan triunfante*.

—Todo París se enteró de este escándalo, hasta un humilde sacerdote como yo. Asesinaron a un hombre.

—Sí, padre. El tenor Piangi. No era intención de Erik matarle, sólo hacer que se callara; pero el italiano se atragantó y murió. Fue el final, por supuesto. Por casualidad, el jefe de policía se encontraba entre el público esa noche. Ordenó llamar a un centenar de gendarmes. Trajeron antorchas encendidas, y una muchedumbre sedienta de venganza descendió a los sótanos, hasta el mismo nivel del lago.

»Descubrieron la escalera secreta, los pasadizos, la casa junto al lago, y encontraron a Christine conmocionada y sin conocimiento. Estaba con su pretendiente, el joven vizconde de Chagny, el querido Raoul. Se la llevó y la consoló como sólo un hombre puede hacerlo, con brazos fuertes y caricias tiernas.

»Dos meses después, estaba embarazada. El vizconde se casó con ella, le concedió su apellido, su título, su amor y la alianza pertinente. El hijo nació en el verano del noventa y cuatro y le han educado juntos. Durante estos últimos años, ella se ha convertido en la diva más importante de Europa.

—Nunca encontraron a Erik, ¿verdad, hija mía? Creo recordar que no descubrieron ni rastro del fantasma.

—No, padre, nunca le encontraron. Pero yo sí. Volví desolada al pequeño despacho que tenía detrás de la sala del coro. Cuando aparté la cortina que ocultaba el nicho de mi ropero, le vi allí, con la máscara que siempre llevaba puesta, incluso cuando se hallaba a solas, arrugada en su mano, acurrucado en la oscuridad como hacía once años atrás bajo las escaleras de mi apartamento.

—Y se lo contaste a la policía, claro está...

—No, padre, no lo hice. Aún era mi hijo, uno de mis dos hijos. No podía entregarle a las turbas. Cogí un sombrero de mujer, un velo opaco, una capa larga... Salimos a la calle juntos, como dos mujeres que pasearan por la noche. Había cientos más. Nadie reparó en nosotros.

»Le escondí durante tres meses en mi apartamento, a un kilómetro de distancia, pero los pasquines de "Se busca" estaban por todas partes. Habían puesto precio a su cabeza. Tenía que abandonar París, abandonar Francia.

—Tú le ayudaste a escapar, hija mía. Eso fue un delito y un pecado.

—Pues pagaré por ello, padre. Ya falta poco. Aquel invierno era muy duro y frío. Descarté coger un tren. Alquilé cuatro caballos y un carruaje cerrado. Fuimos a Le Havre. Una vez allí, le dejé escondido en una pensión barata, mientras yo exploraba los muelles y sus bares miserables. Por fin, encontré a un capitán de la marina mercante, patrón de un pequeño carguero que zarpaba rumbo a Nueva York. Aceptó el soborno sin hacer preguntas. Una noche de mediados de enero de 1894, me detuve al final del muelle más largo y vi las luces de popa del carguero desvanecerse en la oscuridad, rumbo al Nuevo Mundo. Dígame, padre, ¿hay alguien más con nosotros? No veo, pero noto que hay alguien.

—Pues sí, hay un hombre que acaba de entrar.

—Soy Armand Dufour, señora. Una novicia vino a mi domicilio y dijo que me necesitaban aquí.

—¿Es usted notario?

—Sí, señora.

—Señor Dufour, deseo que busque debajo de mi almohada. Lo haría yo misma, pero estoy demasiado débil. Gracias. ¿Qué ha encontrado?

—Pues una especie de carta, dentro de un sobre de papel manila. Y una bolsita de gamuza.

—Quiero que coja pluma y tinta y firme sobre la tapa cerrada que esta carta le ha sido entregada en el día de hoy, y no ha sido abierta por usted ni por nadie más.

—Te pido que te apresures, hija mía. Aún no hemos terminado.

—Paciencia, padre. Sé que me queda poco tiempo, pero después de tantos años de silencio debo esforzarme por atar todos los cabos sueltos. ¿Ha terminado, señor notario?

—Acabo de escribir lo que me ha solicitado, señora.

—¿Qué hay en el anverso del sobre?

—Veo, seguramente escritas por su mano, las palabras: «Señor Erik Muhlheim, Nueva York.»

—¿Y la bolsita de gamuza?

—La tengo en la mano.

—Ábrala, por favor.

—*Nom d'un chien!* Napoleones de oro. No veo desde...

—¿Son de curso legal todavía?

—Desde luego, y muy valiosos.

—En ese caso, deseo que los coja todos, así como la carta, vaya a Nueva York y la entregue. En persona.

—¿En persona? ¿En Nueva York? Pero, señora, no suelo... Nunca he estado...

—Por favor, señor notario. ¿Hay oro suficiente para ausentarse por cinco semanas de su despacho?

—Más que suficiente, pero...

—Hija mía, te es imposible saber si ese hombre sigue vivo —intervino el sacerdote.

—Oh, habrá sobrevivido, padre. Siempre sobrevivirá.

—Pero no tengo la dirección. ¿Dónde le busco? —preguntó el notario.

—Pregunte, señor Dufour. Miré en los registros de inmigración. El apellido es bastante raro. Estará en algún sitio. Un hombre que lleva una máscara para ocultar su cara.

—Muy bien, señora. Lo intentaré. Iré a Nueva York y lo intentaré, pero no le garantizo el éxito.

—Gracias. Dígame, padre, ¿me ha administrado una de las hermanas la cucharada de ese polvillo blanco?

—Desde que he llegado yo no, hija mía. ¿Por qué?

—Es extraño, pero el dolor ha desaparecido. Qué alivio tan hermoso, tan dulce. No distingo nada a los lados, pero veo una especie de túnel y un arco. Mi cuerpo sufría atroces dolores, pero ahora ya no me duele. Antes hacía mucho frío, pero ahora hace calor.

—No se demore, señor abad. Nos está dejando.

—Gracias, hermana. Creo que sé cuál es mi deber.

—Estoy caminando hacia el arco, hay luz al final. Una luz dulcísima. Oh, Lucien, ¿estás ahí? Ya voy, amor mío.

—In nomine patris, et filii, et Spiritus Sancti...

—Deprisa, padre.

—Ego te absolvo ab omnibus peccatis tuis.

—Gracias, padre.

2

EL CÁNTICO DE ERIK MUHLHEIM

Suite de la azotea, torre E. M., Park Row,
Manhattan, octubre de 1906

Cada día, sea verano o invierno, llueva o haga sol, me despierto pronto. Me visto y subo desde mis aposentos hasta esta pequeña terraza cuadrada que corona el pináculo del rascacielos más alto de Nueva York. Desde aquí, y dependiendo de en qué lado del cuadrado me sitúe, puedo mirar hacia el oeste, al otro lado del río Hudson, hacia las tierras verdes de Nueva Jersey. O al norte, en dirección a las secciones media y alta de esta isla asombrosa, tan llena de riqueza y suciedad, extravagancia y pobreza, vicio y crimen. O al sur, hacia el mar abierto que conduce a Europa y el amargo camino que he recorrido. O al este, al otro lado del río hasta Brooklyn y, perdido en la bruma del mar, el lunático enclave llamado Coney Island, la fuente de mi riqueza.

Y yo, que pasé siete años aterrorizado por un padre brutal, nueve encadenado en una jaula como un animal, once exiliado en los sótanos de la Ópera de París, y diez abriéndome camino desde los cobertizos de la bahía de Gravesend, donde se destripa el pescado, hasta esta eminencia, sé que ahora poseo riquezas y poder que ni siquiera

Creso habría imaginado. Así que miro hacia esta enorme ciudad y pienso, cómo te odio y te desprecio, raza humana.

Fue un viaje largo y duro el que me trajo aquí en los primeros días de 1894. Las tormentas azotaban el Atlántico. Permanecí acostado en mi litera, mareado a más no poder, gracias a que mi pasaje lo había pagado por adelantado la única persona bondadosa que he conocido. Soportaba las burlas y los insultos de los tripulantes, a sabiendas de que podían arrojarme por la borda si intentaba replicar, impulsado sólo por el odio y la rabia que sentía hacia todos ellos. Durante cuatro semanas surcamos el océano embravecido, hasta que una noche gélida de finales de enero el mar se calmó y anclamos en las radas que hay quince kilómetros al sur del extremo de la isla de Manhattan.

Nada sabía de todo eso, salvo que habíamos llegado. A algún sitio. Oí decir a la tripulación, en su áspero acento bretón, que por la mañana remontaríamos el East River y amarraríamos para la inspección de aduanas. Sabía que me descubrirían de nuevo; indefenso, humillado, rechazado como cualquier inmigrante y devuelto al lugar de origen encadenado.

De madrugada, cuando todo el mundo dormía, incluido el ebrio vigía, cogí un chaleco salvavidas de la cubierta y me arrojé al mar helado. Había visto tenues luces que parpadeaban en las tinieblas, pero ignoraba si se encontraban muy lejos. No obstante, empecé a impulsar mi cuerpo congelado hacia ellas, hasta llegar a una playa guijarrosa cubierta de escarcha. No lo sabía, pero mis primeros pasos en el Nuevo Mundo fueron en la playa de la bahía de Gravesend, Coney Island.

Las luces que había visto procedían de lámparas de aceite que ardían en las ventanas de unas miserables cabañas alzadas fuera del alcance de la marea, y cuando me tambaleé hacia ellas y miré por los sucios cristales, vi filas de hombres encogidos que despellejaban y destripaban pescado recién sacado del agua. Al final de la hilera de cabañas había un espacio vacío en cuyo centro ardía una gran hoguera, rodeada por una docena de desgraciados que se calentaban el cuerpo. Medio muerto de frío, sabía que debía compartir aquel calor o moriría congelado. Caminé hasta la luz de la hoguera, noté la oleada de calor y les miré. Llevaba la máscara guardada entre mis ropas, y las llamas iluminaban mi cabeza y mi cara terribles. Se volvieron y me miraron.

He reído muy pocas veces en mi vida. No he tenido motivos. Pero aquella noche, con aquella temperatura gélida, me reí por dentro a causa del alivio que experimenté. Me miraron... y no me hicieron caso. Por el motivo que fuera, todos presentaban deformaciones. Por pura casualidad había llegado al campamento nocturno de los Parias de la bahía de Gravesend, los desclasados que sólo podían ganarse miserablemente la vida destripando y limpiando pescado, mientras los pescadores y la ciudad dormían.

Dejaron que me secase y entrase en calor junto al fuego, y me preguntaron de dónde venía, aunque era evidente que había llegado del mar. Como había leído los textos de todas las óperas inglesas, había aprendido algunas palabras de su idioma, y les conté que había huido de Francia. Daba igual, todos habían huido de un sitio u otro, perseguidos por la sociedad hasta aquel pozo de arena desolado. Me apodaron Franchute y dejaron que me uniera a ellos. Dormía en las cabañas sobre pilas de redes apestosas, trabajaba toda la noche por unos centavos, vivía de las sobras, helado y hambriento con frecuencia, pero a salvo de la ley y sus cadenas y cárceles.

Llegó la primavera y empecé a enterarme de lo que había al otro lado de la maraña de tojo y aulaga que separaba la aldea de pescadores del resto de Coney Island. Averigüé que toda la isla carecía de ley, o mejor, contaba con su propia ley. No había sido incorporada a la ciudad de Nueva York, que se alzaba al otro lado del estrecho y hasta hacía poco había sido gobernada por un tal John McKane, una mezcla de gángster y político, a quien acababan de detener. Sin embargo, el legado de McKane sobrevivía en aquella isla lunática dedicada a parques de atracciones, burdeles, crimen, vicio y placer. Este último era el objetivo de los burgueses de Nueva York que venían cada semana, y que antes de marchar gastaban fortunas en diversiones estúpidas preparadas para ellos por empresarios que poseían la capacidad de proporcionar esos placeres.

Al contrario que el resto de los Parias, que destripaban pescado durante toda su vida y nunca llegaban a más, debido a su estupidez congénita, yo sabía que con astucia e ingenio podría salir de aquellas cabañas y sacar una fortuna de los parques de atracciones, que entonces ya estaban planificando y construyendo a lo largo de la isla. Pero ¿cómo? Primero, al amparo de la oscuridad me deslicé en la ciudad y robé ropa, ropa buena, de hilos de tender y de casas desiertas de la playa. Después, cogí madera de las obras y construí una cabaña mejor. Pero con mi cara no podía moverme a plena luz del sol en aquella sociedad brutal y sin ley, donde los turistas se dejaban fortunas cada semana.

Se nos unió un nuevo elemento, un muchacho de apenas diecisiete años, diez menos que yo, aunque aparentaba muchos más. Al contrario que la mayoría, no exhibía cicatrices ni deformaciones, sino un rostro pálido como el hueso y unos ojos negros e inexpresivos. Venía de Malta y no carecía de educación, pues había asistido a un colegio de sacerdotes católicos. Hablaba inglés con fluidez, sabía latín y griego, y no poseía el menor escrúpulo. Estaba aquí porque, impulsado por la rabia que habían provocado en él las interminables penitencias infligidas por los curas, había cogido un cuchillo de cocina y matado a su preceptor. Huyó desde Malta a la costa de Berbería, sirvió un tiempo como chico de placer en una casa de sodomía, y después se embarcó de polizón en un barco que, por casualidad, se dirigía a Nueva York. Pero su cabeza aún tenía un precio, de modo que esquivó el filtro de inmigración en Ellis Island y así apareció en la bahía de Gravesend.

Necesitaba una tapadera que me sustituyera de día, y para eso debía echar mano de mi ingenio y mis habilidades si pretendía que saliésemos de aquel agujero. Se convirtió en mi subordinado y representante en todo, y juntos hemos ascendido desde aquellas miserables cabañas hasta la riqueza y el poder sobre la mitad de Nueva York y mucho más allá. Hasta hoy, sólo le conozco como Darius.

Pero si yo le enseñé, él también me enseñó, me convenció de que abandonara mis viejas y estúpidas creencias y adorara a un solo dios verdadero, el Gran Amo que nunca me ha decepcionado.

El problema de poder desplazarme a la luz del día tuvo una solución sencilla. En el verano de 1894, con los ahorros que me había procurado el trabajo de limpiar pescado, pedí a un artesano que me construyera una máscara de látex que me cubriera toda la cabeza, con agujeros para los ojos y la boca. Era la máscara de un payaso, con nariz roja y bulbosa y una gran sonrisa desdentada. Con una chaqueta y unos pantalones abombados podía pasearme por los parques de atracciones sin despertar sospechas. Algunas personas, cuando iban acompañadas de sus hijos, hasta saludaban y sonreían. El disfraz de payaso fue mi pasaporte al mundo de la luz. Durante dos años nos limitamos a ganar dinero. He olvidado cuántos fraudes y estafas inventé.

Los más sencillos eran con frecuencia los mejores. Descubrí que, cada fin de semana, los turistas enviaban doscientas cincuenta mil postales desde Coney Island. Casi todos buscaban un sitio donde comprar sellos. Adquirí postales por un centavo, estampé las palabras FRANQUEO PAGADO en ellas y las vendí por dos. Los turistas eran felices. Ignoraban que, de todos modos, el franqueo era gratuito. Pero yo quería más, mucho más. Intuía que se avecinaban buenos tiempos para los espectáculos de masas, que nos íbamos a hacer ricos.

En aquel año y medio sólo padecí un revés, pero grave. Una noche, cuando volvía a las cabañas con una bolsa llena de dólares, cuatro atracadores armados con porras y puños de hierro me tendieron una emboscada. Si se hubieran limitado a robarme el dinero habría sido grave, pero no peligroso. Sin embargo, me arrancaron la máscara de payaso, vieron mi cara y me dieron una paliza de muerte.

Tuve que pasar un mes tendido en mi jergón hasta que pude volver a caminar. Desde entonces, siempre llevo encima un pequeño Colt Derringer, porque juré que nadie volvería a hacerme daño impunemente.

En invierno me hablaron de un hombre llamado Paul Boyton. Pensaba abrir el primer parque de atracciones cubierto de la isla, capaz de funcionar en todas las estaciones del año. Ordené a Darius que concertara una cita con él y se presentara como un diseñador dotado de genio y recién llegado de Europa. El truco funcionó. Boyton encargó una serie de seis atracciones para su nuevo negocio. Yo las diseñé, por supuesto, y utilicé el engaño, la ilusión óptica y mi habilidad con los ingenios mecánicos para crear sensaciones de miedo y asombro entre los turistas, que se sintieron encantados. Boyton abrió Sea Lion Park en 1895, y la gente acudió en masa.

Boyton quería pagar a Darius por *sus* inventos, pero yo se lo impedí. A cambio, exigí diez centavos por cada dólar ganado en aquellas seis atracciones, durante un período de diez años. Boyton había invertido todo cuanto poseía en el parque, y estaba muy endeudado. Al cabo de un mes, aquellas atracciones, controladas por Darius, nos proporcionaban cien dólares a la semana sólo a nosotros dos. Pero se avecinaba mucho más.

El sucesor del mandamás político McKane era un agitador pelirrojo llamado George Tilyou. Él también quería abrir un parque de atracciones. Indiferente a la rabia de Boyton, que no pudo oponerse, diseñé atracciones incluso más ingeniosas para el negocio de Tilyou, pidiendo, nuevamente, un porcentaje sobre los beneficios. El Steeplechase Park abrió en 1897 y empezó a proporcionarnos mil dólares al día. Para entonces, ya había comprado una agradable casita cerca de Manhattan Beach, a la que me había trasladado a vivir. Había pocos vecinos, que en su mayoría sólo aparecían los fines de semana, cuando yo me dedicaba a pasear entre los turistas vestido de payaso.

Había frecuentes torneos de boxeo en Coney Island, donde los burgueses millonarios, que llegaban en el nuevo tren elevado desde el puente de Brooklyn hasta el hotel Manhattan Beach, apostaban cantidades muy elevadas. Yo miraba pero no jugaba, convencido de que casi todos los combates estaban amañados. El juego era ilegal en Nueva

York y Brooklyn, y de hecho en todo el estado de Nueva York, pero en Coney Island, el último puesto de avanzada de la Frontera del Crimen, enormes sumas cambiaban de manos cuando los corredores de apuestas cogían el dinero de los jugadores. En 1899, Jim Jeffries desafió a Bob Fitzsimmons por el título de campeón del mundo de peso pesado… en Coney Island. Nuestra fortuna conjunta era de doscientos cincuenta mil dólares, y yo tenía la intención de apostarla toda a favor del aspirante, Jeffries, que partía con escasas posibilidades. Darius casi enloqueció de rabia hasta que le expliqué la idea.

Había observado que, entre asalto y asalto, los boxeadores casi siempre tomaban un largo trago de agua de una botella, y que a veces, pero no siempre, la escupían. Siguiendo mis instrucciones, Darius, que se hacía pasar por periodista deportivo, cambió la botella de Fitzsimmons por una que contenía cierta cantidad de un sedante. Jeffries le dejó sin sentido. Gané un millón de dólares. Aquel mismo año, unos meses después, Jeffries defendió su título contra Sailor Tom Sharkey en el Coney Island Athletic Club. Llevé a cabo el mismo truco, con idéntico resultado. Pobre Sharkey. Nos embolsamos dos millones. Había llegado el momento de mudarse a la parte alta de la isla y de cambiar la orientación del negocio, porque me había dedicado a estudiar los entresijos de un parque de atracciones, aún más salvaje e incontrolado, que nos permitiera ganar dinero: la Bolsa de Nueva York. Pero aún teníamos que dar un último golpe en Coney Island.

Dos buscavidas llamados Frederic Thompson y Skip Dundy iban desesperados por abrir un tercero, y aún más grande, parque de atracciones. El primero era un ingeniero alcohólico y el segundo un financiero tartamudo, y tan urgente era su necesidad de dinero en metálico que ya se habían empeñado en los bancos por más de lo que poseían. Yo había ordenado a Darius que creara una empresa «de paja», un monte de piedad que les dejó estupefactos cuando les ofreció un préstamo sin garantías a interés cero. A cambio, E. M. Corporation quería el diez por ciento de las ganancias brutas del Luna Park durante una década. Accedieron. No tenían otro remedio: o eso, o la bancarrota con un parque de atracciones a medio terminar. El Luna Park abrió el 2 de mayo de 1903. A las nueve de la mañana, Thompson y Dundy estaban arruinados. Al anochecer, habían pagado todas sus deudas..., excepto la mía. Al cabo de cuatro meses, el Luna Park había ganado cinco millones de dólares. Se estabilizó en un millón al mes, y todavía sigue así. Para entonces, ya nos habíamos mudado a Manhattan.

Empecé en una modesta casa de piedra de color pardo rojizo, y pasaba dentro casi todo el tiempo, porque el disfraz de payaso ya no me servía. Darius se incorporó a la Bolsa como mi representante y siguió mis instrucciones. Pronto quedó claro que en aquel asombroso país todo estaba en auge. Se suscribían de inmediato nuevas ideas y proyectos, siempre que se vendieran con habilidad. La expansión económica había alcanzado una velocidad demencial, siempre hacia el oeste. Cada nueva industria necesitaba materias primas, además de barcos y trenes que les entregaran y transportaran el producto a los mercados.

Durante los años que había pasado en Coney Island, millones de inmigrantes habían llegado de todas partes. El Lower East Side, casi debajo de mi terraza, era y sigue siendo una inmensa caldera hirviente de todas las razas y credos, que viven codo con codo en la pobreza, la violencia, el vicio y el crimen. A tan sólo un kilómetro y medio de distancia, los millonarios tienen sus mansiones, sus carruajes y su amado edificio de la ópera.

En 1903, tras algunos contratiempos, había llegado a dominar las interioridades del mercado de valores, y averiguado cómo habían amasado sus fortunas algunos gigantes, por ejemplo, Pierpoint Morgan. Al igual que ellos, invertí en carbón en el oeste de Virginia, en acero en Pittsburgh, en trenes a Nuevo México, en embarques desde Savannah a Boston vía Baltimore, en plata en Texas y en bienes raíces en toda la isla de Manhattan. Pero llegué a ser mejor y más implacable que ellos, gracias a mi adoración al único dios verdadero, hacia el que Darius me condujo. Porque es Mammón, el dios del oro, que no sabe de piedad, de caridad, de compasión ni de escrúpulos. No hay viuda, hijo o mendigo que no pueda ser pisoteado y aplastado por unas cuantas pepitas más del precioso metal que tanto complace al Amo. Con el oro viene el poder, y con el poder más oro aún, en un glorioso ciclo que conquista el mundo.

En todas las cosas sigo siendo el amo y superior de Darius. En todas, excepto en una. Jamás fue creado en este planeta hombre más frío o cruel. Un ser con el alma más muerta jamás ha pisado la tierra. En esto me sobrepasa. Y no obstante ello tiene una debilidad. Sólo una. Cierta noche, intrigado por sus raras ausencias, ordené que le siguieran. Fue a un cuchitril de la comunidad árabe y tomó hachís hasta entrar en una especie de trance. Al parecer, es su única debilidad. Al principio, pensé que podíamos ser amigos, pero ya he comprendido que sólo tiene uno. Su adoración al oro le consume día y noche, y permanece conmigo y me guarda lealtad sólo porque puedo proporcionárselo en ingentes cantidades.

En 1903 contaba con el suficiente para iniciar la construcción del rascacielos más alto de Nueva York, la torre E. M., en un solar disponible de Park Row. Se terminó en 1904. Son cuarenta pisos de acero, hormigón, granito y cristal. Y lo mejor es que los treinta y siete pisos que hay debajo de mí lo han pagado todo, y el valor se ha doblado. Eso deja una suite para el personal de la empresa, conectado por teléfono y cinta de teleimpresor a los mercados; un piso arriba, cuya mitad es el apartamento de Darius y la otra mitad la sala de juntas de la empresa; y en lo más alto, mi apartamento, con la terraza que domina todo lo que veo, al tiempo que asegura que nadie pueda verme.

De modo que mi jaula sobre ruedas, mis oscuros sótanos, se han transformado en un nido de águilas donde puedo pasear con el rostro al descubierto sin que nadie vea mis facciones malditas, salvo las gaviotas y el viento del sur. Y desde aquí hasta puedo contemplar el tejado, por fin terminado y reluciente, del único proyecto que no ha sido dedicado a ganar dinero, sino a obtener venganza.

A lo lejos, en la calle 34 Oeste, se alza el recientemente terminado teatro de la Ópera de Manhattan, el rival que acabará con la primacía del altivo Metropolitan. Cuando vine aquí, quise ver ópera de nuevo, pero para ello necesitaba un palco protegido por cortinas y biombos en el Met. Su comité, dominado por la señora Astor y sus compinches de clase, los malditos Cuatrocientos, exigieron que me presentara en persona a una entrevista. Era imposible, por supuesto. Envié a Darius, pero se negaron a aceptarle, y exigieron verme en persona, cara a cara. Pagarán por ese insulto. Porque descubrí a otro amante de la ópera que había sido rechazado: Oscar Hammerstein, que ya había inaugurado un teatro lírico y había fracasado en el intento, estaba financiando y diseñando uno nuevo. Yo me convertí en su socio invisible. Abrirá sus puertas en diciembre y humillará al Met. No se ha reparado en gastos. El gran Gonci será la estrella, pero lo más importante es que Melba, sí, Melba en persona, vendrá a cantar. En estos momentos, Hammerstein se encuentra en el Grand Hotel construido por Garnier en el boulevard des Capucines de París, gastando mi dinero para traerla a Nueva York.

Una hazaña sin precedentes. Conseguiré que esos esnobs, los Vanderbilt, Rockefeller, Whitney, Gould, Astor y Morgan se arrastren antes de escuchar a la gran Melba.

En cuanto al resto, miro hacia afuera y hacia abajo. Sí, y hacia atrás. Una vida de dolor y rechazo, de miedo y odio. La soledad más absoluta. Sólo una persona me trató con bondad, me llevó de una jaula a un sótano, y después a un barco, mientras los demás me perseguían como a un zorro sin resuello. Fue para mí como la madre que apenas tuve o conocí.

Y otra, a la que amé, pero no podía amarme. ¿También me desprecias por eso, raza humana, porque no conseguí que una mujer me amara como hombre? Pero hubo un momento, un breve espacio de tiempo, como «la ardiente y dulce hora» del asno de Chesterton, en que pensé que podría amarme... Cenizas, pavesas, nada. No pudo ser. Nunca lo será. Así que sólo puede existir el otro amor, la devoción al Amo que jamás me decepciona. Y le adoraré toda mi vida.

3

LA DESESPERACIÓN DE ARMAND DUFOUR

Broadway, Nueva York, octubre de 1906

Odio esta ciudad. Nunca tendría que haber venido. ¿Por qué demonios lo hice? Para satisfacer el deseo de una mujer que agonizaba en París, y que, por lo que yo sé, podría estar mal de la cabeza. Y por una bolsa de napoleones de oro, por supuesto. No debería haberlos aceptado.

¿Dónde está el hombre al que debo entregar una carta absurda? Lo único que pudo decirme el padre Sebastián es que está horriblemente desfigurado y, en consecuencia, no habrá pasado inadvertido. Pero sucede lo contrario: es invisible.

Cada vez estoy más seguro de que no llegó aquí. No cabe duda de que las autoridades de Ellis Island le negaron la entrada. Me personé allí. Menudo caos. Da la impresión de que todos los pobres y desposeídos del mundo vienen a este país, y la mayoría se queda en esta inmunda ciudad. Nunca he visto tantos desgraciados. Columnas de refugiados harapientos, malolientes, incluso infestados de piojos tras haber viajado en bodegas nauseabundas, que se aferran a fardos andrajosos con todas sus posesiones terrenales y forman filas interminables entre los destartalados edificios de esta isla sin esperanza. En la otra isla, se yergue sobre ellos la estatua que les regalamos. La mujer de la antorcha. Tendríamos que haber dicho a Bartholdi que la maldita estatua debía quedarse en Francia, y que les hubiera dado a los yanquis otra cosa. Por ejemplo, una buena colección de diccionarios Larousse, para que aprendieran un idioma civilizado.

Pero tuvimos que regalarles algo simbólico. Ahora, lo han convertido en un imán para todos los pelagatos de Europa y de otros lugares más alejados, que afluyen como moscas en busca de una vida mejor. *Quelle blague!* Estos yanquis están locos. ¿Cómo esperan construir una nación si dejan entrar a semejante gentuza? Los desechos de todos los países, entre la bahía de Bantry y Brest-Litovsk, desde Trondheim a Taormina. ¿Qué esperan? ¿Forjar una nación rica y poderosa a partir de esta canalla?

Fui a ver al responsable de Inmigración. Gracias a Dios, tenía a mano un intérprete de francés, pero confirmó que, si bien rechazaban a muy pocos, el permiso de entrada era denegado a los enfermos y deformes, de manera que mi hombre debía encontrarse entre ese grupo. Aunque hubiera conseguido entrar, han transcurrido doce años. Podría encontrarse en cualquier rincón del país, y cinco mil kilómetros separan la costa este de la oeste.

Recurrí a las autoridades de la ciudad, pero me indicaron que había cinco distritos electorales, sin apenas estadísticas de empadronamiento. El hombre podía estar en Brooklyn, Queens, Bronx, Staten Island... No tuve otro remedio que quedarme en Manhattan y buscar a este fugitivo de la justicia. ¡Menuda tarea para un buen francés!

En los registros del Ayuntamiento aparecen doce Muhlheim, y he probado con todos. Si su apellido fuera Smith, ya habría regresado a casa. Aquí hay muchos teléfonos, y una lista de sus propietarios, pero Erik Muhlheim no consta entre ellos. He preguntado a las autoridades de Hacienda, pero han contestado que sus registros eran confidenciales.

Con la policía me fue mejor. Encontré a un sargento irlandés que se prestó a investigar por unos honorarios. Sé muy bien que los malditos «honorarios» fueron a parar a sus bolsillos. No obstante, me informó de que ningún Muhlheim se había metido en líos con la policía, pero que tenía media docena de Müller, por si me servía de algo. Imbécil.

Hay un circo en Long Island, y fui a verlo. Otro fracaso. Probé en un gran hospital llamado Bellevue, pero no tienen antecedentes de un hombre tan deforme que se hubiera presentado en busca de tratamiento. No se me ocurre a qué otro sitio ir.

Me hospedo en un hotel modesto, situado en las calles que dan a espaldas de este gran boulevard. Como sus horribles guisotes y bebo su nauseabunda cerveza. Duermo en un jergón estrecho y añoro mi apartamento de la Île Saint Louis, cálido y confortable, y el contacto de las nalgas firmes de la señora Dufour. Cada vez hace más frío y se me está acabando el dinero. Quiero regresar a mi amado París, a una ciudad civilizada donde la gente pasee en lugar de correr por todas partes, a un lugar donde los carruajes se desplazan a una velocidad relajante, en lugar de circular a una velocidad propia de locos, y los tranvías no constituyen un peligro para la vida.

Por si esto fuera poco, pensaba que sabía hablar algunas palabras de la pérfida lengua de Shakespeare, porque he visto a los lores que vienen a las carreras de Auteuil y Chantilly, pero en este país hablan con la nariz, y muy deprisa.

Ayer vi un café italiano en esta misma calle, que servía un café excelente, y hasta vino de Chianti. No era como el de Burdeos, por supuesto, pero en cualquier caso mucho mejor que esta cerveza yanqui, que sólo sirve para ir a mear. Ah, ahora lo estoy viendo, al otro lado de esta calle tan peligrosa. Me tomaré un café bien fuerte para aplacar mis nervios, y después volveré y encargaré mi billete de regreso.

4

LA SUERTE DE CHOLLY BLOOM

Louie's Bar, Quinta Avenida esquina con la Veintiocho, Nueva York, octubre de 1906

Os lo aseguro, tíos, hay días en que ser periodista en la ciudad más bulliciosa y ajetreada del mundo es el mejor trabajo que existe. Bueno, todos sabemos que hay horas y días de mucho arrastrar los pies sin que surja nada. Pistas que no conducen a ninguna parte, entrevistas rechazadas, ni un artículo a mano. Barney, sirve otra ronda de cervezas.

Sí, hay momentos en que no estallan escándalos en el Ayuntamiento (tampoco es que haya muchos, por supuesto), ninguna celebridad se divorcia, no se descubren cadáveres al amanecer en Grammercy Park, y la vida pierde su encanto. Entonces, piensas, qué estoy haciendo aquí, por qué estoy perdiendo el tiempo, tal vez tendría que haberme hecho cargo de la mercería de mi padre en Poughkeepsie. Todos conocemos esa sensación.

Ésa es la cuestión. Por supuesto, es mejor que vender pantalones de hombre en Poughkeepsie. De pronto, algo sucede, y si eres listo, ves una gran historia delante de tus narices. Algo así me pasó ayer. Debo hablaros de ello. Gracias, Barney.

Fue en esa cafetería. ¿Conocéis Fellini's? En la esquina de Broadway con la Veintiséis. Un mal día. Lo dediqué casi por entero a seguir una nueva pista sobre los asesinatos de Central Park, y nada de nada. La Oficina del Alcalde pone verde al Departamento de Detectives, y no consiguen ningún progreso, de modo que se ponen de mala leche y no dicen nada que valga la pena publicar. Me enfrento a la perspectiva de volver al despacho y decir que no tengo ni para redactar tres líneas, de modo que iré al café de papá Fellini y tomaré un helado de frutas. Con mucho jarabe de arce. ¿Sabéis a qué me refiero? Te pone en forma.

Está lleno hasta los topes. Ocupo el último reservado. Diez minutos después, entra un tipo de aspecto compungido. Mira alrededor, ve que tengo un reservado para mí solo y se acerca. Muy educado. Una reverencia. Inclino la cabeza. Dice algo en una jerga extranjera. Señalo la silla vacía. Se sienta y pide un café, con un pronunciación no muy correcta. El camarero es italiano, de modo que no hay problema. Deduzco que este tipo es francés. ¿Por qué? Porque tiene pinta de francés. Soy educado y le saludo. En francés.

¿Que si hablo francés? ¿Es judío el rabino de la sinagoga? Bueno, de acuerdo, un poco sí que hablo, así que le digo: «*Bon-jur, me-sier.*» Sólo intento comportarme como un buen ciudadano de Nueva York.

Bueno, este franchute se vuelve loco. Lanza un discurso en su idioma del que no entiendo nada. Y sí, está compungido, casi se pone a llorar. Hunde la mano en el bolsillo y saca una carta de aspecto muy importante, con un sello de cera sobre la tapa. La agita ante mis narices.

Todavía intento ser amable con un visitante afligido. La tentación es terminar el helado, echar unos cuantos centavos sobre la mesa y largarse, pero pienso, vamos a ver si le echamos una mano a este tío, porque parece que lo está pasando peor que yo, que ya es decir. Llamo a papá Fellini y le pregunto si habla francés. Ni por asomo. Italiano o inglés, y el inglés con acento siciliano. Entonces ¿quién habla francés por aquí?, me digo.

Supongo que cualquiera de vosotros se hubiera encogido de hombros y habría dejado plantado al tío, ¿verdad? Os habríais perdido algo gordo. Pero yo soy Cholly Bloom, el hombre de los seis sentidos. ¿Y qué hay a sólo dos manzanas de la Veintiséis con la Quinta? Delmonico's. ¿Y quién dirige Delmonico's? Pues Charlie Delmonico. ¿Y de dónde procede la familia Delmonico? Sí, de Suiza, pero allí hablan todos los idiomas, y me figuro que hasta Charlie, que nació en Estados Unidos, chapurreará un poco el francés.

De modo que me llevo al franchute hacia allí, y diez minutos después nos encontramos ante el restaurante más famoso de Estados Unidos. ¿Habéis ido alguna vez? ¿No? Bueno, es diferente. Caoba pulida, sillones mullidos con tapizado de terciopelo, lámparas de mesa de latón, muy serio y elegante. Y caro. Más de lo que puedo permitirme. Y ahí viene Charlie D. en persona, y él lo sabe, pero ése es el sello de un gran restaurador, ¿no? Modales impecables, incluso con un don nadie. Inclina la cabeza y pregunta en qué puede ayudarnos. Explico que he topado con este franchute de París, y que tiene un gran problema con una carta, pero no entiendo cuál es.

Bien, el señor D. interroga con delicadeza al francés, en francés, y el tipo comienza a hablar precipitadamente, al tiempo que exhibe la carta. No entiendo ni jota, de modo que paseo la vista alrededor. A cinco mesas de distancia está Apuesta-Un-Millón Gates, que escudriña el menú desde la fecha hasta el mondadientes. En la mesa de al lado tenemos a Diamond Jim Brady, que está cenando con Lillian Russell, en cuyo escote podría hundirse el *SS Majestic*. Por cierto, ¿sabéis cómo come Diamond Jim? Me lo habían dicho, pero no me lo creía. Anoche lo comprobé con mis propios ojos. Se planta en su silla, y mide doce centímetros, ni uno más ni uno menos, entre su estómago y la mesa. Ya no vuelve a moverse, pero come hasta que su estómago toca la mesa.

En este momento, Charlie D. ya ha terminado. Me explica que el franchute se llama Armand Dufour, un abogado de París que ha venido a Nueva York en una misión de importancia crucial. Ha de entregar la carta de una moribunda a un tal Erik Muhlheim, que tal vez resida, o no, en Nueva York. Ha probado todos los medios y no ha conseguido nada. Ni yo tampoco, por cierto. Nunca había oído ese nombre.

Pero Charlie se mesa la barba, como absorto en sus pensamientos, y luego me dice, muy pomposo:

—Señor Bloom, ¿ha oído hablar de E. M. Corporation?

Dejadme que os pregunte una cosa, ¿es católico el Papa? Claro que he oído hablar. Una riqueza increíble, un poder asombroso, un secretismo total. Más acciones cotizadas en la Bolsa que nadie, a excepción de J. Pierpoint Morgan, y nadie es más rico que J. P. Morgan. Por lo tanto, para que no me pasen la mano por la cara, digo: «claro, con sede en la torre E. M. de Park Row».

—Exacto —dice Charlie—. Bien, cabe la posibilidad de que el misterioso personaje que controla E. M. Corporation sea el señor Muhlheim.

Bueno, cuando un tío como Charlie Delmonico dice «cabe la posibilidad», significa que ha oído algo, pero que jamás ha salido de sus labios. Dos minutos después, estamos de vuelta en la calle, paro un cabriolé y vamos hacia Park Row.

¿Comprendéis ahora, muchachos, por qué ser periodista puede ser el mejor trabajo de la ciudad? Empecé con la esperanza de ayudar a un franchute a solucionar un problema, y ahora tengo la oportunidad de ver al ermitaño más escurridizo de Nueva York, el hombre invisible en persona. ¿Lo conseguiré? Pedid otra pinta de ese brebaje dorado y os lo diré.

Llegamos a Park Close y subimos hacia la torre. Qué alta es. Es enorme, y su punta casi toca las nubes. Todas las oficinas están cerradas, ya ha oscurecido, pero hay un vestíbulo iluminado, con un mostrador y un portero. Toco el timbre. Viene a preguntar. Le explico. Nos deja entrar en el vestíbulo y llama a alguien por un teléfono particular. Debe de ser una línea interior, porque no pide la mediación de una operadora. Habla con alguien y escucha. Después, dice que deberíamos entregarle la carta, que llegará a manos de su destinatario.

No pienso tolerarlo, por supuesto.

—Informe al caballero de arriba —digo— que el señor Dufour ha venido desde París para entregar esta carta en persona.

El portero dice algo por el teléfono, y luego me lo pasa. Una voz pregunta:

—¿Con quién hablo?

—Con el señor Charles Bloom —contesto.

—¿Qué le trae por aquí? —quiere saber la Voz.

No pienso explicarle que soy del grupo Hearst. Tengo la impresión de que sería el método ideal para que me pusieran de patitas en la calle. Así que digo que soy el socio neoyorquino de Dufour y Cía., notarios de París, Francia.

—¿Y cuál es su misión, señor Bloom? —pregunta la Voz, como si llegara de las orillas de Terranova.

Repito que he de entregar una carta de capital importancia al señor Erik Muhlheim en persona.

—Nadie que se llame así vive en esta dirección —dice la Voz—, pero si deja la carta al portero, me ocuparé de que llegue a su destino.

Bueno, no pienso aceptarlo. Es una mentira. Por lo que

yo sé, podría estar hablando con el mismísimo Hombre Invisible. Me echo un farol.

—Haga el favor de decir al señor Muhlheim que esta carta la envía...

—La señora Giry —susurra el abogado a mi oído.

—La señora Giry —repito por teléfono.

—Espere —dice la Voz.

Aguardamos otra vez. Después, vuelve a hablar.

—Cojan el ascensor hasta el piso 39.

Obedecemos. ¿Alguna vez habéis subido treinta y nueve pisos? ¿No? Pues bueno, es toda una experiencia. Encerrado en una jaula, la maquinaria que resuena alrededor de ti, y sales disparado hacia el cielo. Y oscila. Por fin, la jaula se detiene, corro la reja a un lado y salimos. Nos aguarda un tío, la Voz.

—Soy el señor Darius —dice—. Síganme.

Nos conduce hasta una larga sala artesonada, con una mesa de juntas adornada con objetos de plata. Está claro que aquí es donde se cierran los tratos, se aplasta a los rivales, se compra a los débiles, se ganan los millones. Es elegante, al estilo europeo. Las paredes están cubiertas de cuadros, y reparo en uno que hay al fondo, elevado por encima de los demás. Es el retrato de un individuo con sombrero de ala ancha, bigote, cuello de encaje, sonriente.

—¿Me permite ver la carta? —dice Darius, y me mira como una cobra a punto de zamparse una rata almizclera como desayuno.

De acuerdo, nunca he visto una cobra ni una rata almizclera, pero me la imagino. Hago una señal con la cabeza a Dufour y éste deja la carta sobre la mesa que hay entre él y Darius. Por algún motivo que no alcanzo a entender este hombre me pone los pelos de punta. Va vestido de negro de pies a cabeza: levita negra, camisa blanca, corbata negra. La cara tan blanca como la camisa, delgada, estrecha. Pelo negro y ojos negro azabache, que brillan pero no parpadean. ¿He dicho cobra? Pues sí, le sienta como un guante.

Bien, ahora escuchad, muchachos, porque esto es importante. Siento la necesidad de encender un cigarrillo, así que lo hago. Error garrafal. Cuando la cerilla se enciende, Darius se vuelve hacia mí como un cuchillo desenvainado.

—Nada de llamas, por favor —dice con aspereza—. Apague el cigarrillo.

Sigo de pie en el extremo de la mesa, cerca de la puerta del rincón. Detrás de mí hay una mesa en forma de media luna apoyada contra la pared, con un cuenco de plata encima. Me acerco a ella para apagar el pitillo. Detrás del cuenco de plata hay una enorme bandeja, también de plata, con un borde sobre la mesa y el otro sobre la pared, de modo que está ladeada en ángulo. Justo cuando apago el cigarrillo echo un vistazo a la bandeja, que es como un espejo. Al fondo de la sala, el óleo del tío sonriente ha cambiado. Aparece una cara, con el sombrero de ala ancha, sí. Pero debajo hay un rostro que acojonaría al Séptimo de Caballería.

Debajo del sombrero hay una especie de máscara que cubre las tres cuartas partes de lo que debería ser la cara. Se distingue la mitad de una boca retorcida. Y detrás de la máscara, dos ojos me perforan como taladros. Lanzo un chillido, giro en redondo y señalo el cuadro.

—¿Quién demonios es ése? —pregunto.

—*El caballero risueño*, de Frans Hals —responde Darius—. Lamentablemente, el original se encuentra en Londres, pero la copia es excelente.

Y claro, el tipo risueño ya está de vuelta, con bigote, encaje y todo. Pero no estoy loco. Sé lo que vi. De todos modos, Darius coge la carta.

—Les aseguro —dice—, que dentro de una hora el señor Muhlheim recibirá esta carta.

Después, repite la misma frase en francés al señor Dufour. El abogado asiente. Si está satisfecho, ya no puedo hacer nada más. Nos volvemos hacia la puerta. Antes de que salgamos de la estancia, Darius añade:

—Por cierto, señor Bloom, ¿para qué periódico trabaja? —Su voz es como el filo de una navaja.

—Para el *New York American* —musito.

Nos vamos, bajamos a la calle, cogemos un taxi, volvemos a Broadway. Dejo al franchute donde me indica y me dirijo a la redacción. Tengo un artículo, ¿no?

Error. El redactor de noche levanta la vista y dice:

—Cholly, estás borracho.

—¿Que estoy queeeeé? No he bebido ni una gota —contesto. Le cuento mi aventura nocturna. De cabo a rabo—. Menudo artículo, ¿eh?

—De acuerdo —consiente—, has encontrado a un abogado francés que debía entregar una carta y tú lo ayudaste a hacerlo. Fantástico. Pero de fantasmas, nada. Acabo de recibir una llamada del presidente de E. M. Corporation, un tal Darius. Dijo que te presentaste esta noche y le entregaste una carta en persona, perdiste la cabeza y empezaste a gritar algo sobre apariciones en las paredes. Está agradecido por la carta, pero amenaza con demandarte si calumnias a su empresa. Por cierto, la bofia acaba de detener al asesino de Central Park. Le pillaron con las manos en la masa. Ve a echar una mano.

No se publicó ni una palabra. Pero os digo una cosa, muchachos, no estoy loco y no estaba borracho. Vi esa cara en la pared. ¡Eh, estáis bebiendo con el único tío de Nueva York que ha visto al fantasma de Manhattan!

5

EL TRANCE DE DARIUS

La casa del hachís, Lower East Side, Manhattan, Nueva York, noviembre de 1906

Siento que el humo entra dentro de mí, el humo suave y seductor. Tras los ojos cerrados puedo abandonar este antro de mala muerte y atravesar solo las puertas de la percepción, que dan acceso al dominio de aquel a quien sirvo.

El humo se disipa... El largo pasadizo de oro sólido. Oh, el placer del oro. Tocar, acariciar, sentir, poseer. Y entregarlo a Él, el dios del oro, la única deidad verdadera.

Desde la costa de Berbería, donde le encontré, yo, un repugnante sodomita elevado a un destino superior, en busca incesante de más oro para ofrecerle y de humo que me lleve a su presencia...

Entro en la gran estancia de oro donde las fundiciones rugen y torrentes dorados brotan sin cesar de sus espitas... Más humo, el humo de las fundiciones se mezcla con el de mi boca, mi garganta, mi sangre, mi cerebro. Y Él me hablará por mediación del humo, como siempre...

Me escuchará y aconsejará, y como siempre dirá la verdad... Ya está aquí, siento su presencia... Maestro, gran dios Mammón, me postro de hinojos ante ti. Te he servido lo mejor que he sabido durante muchos años, y he llevado ante Tu trono a mi patrón terrenal y su inmensa riqueza. Te suplico que me escuches, pues necesito Tu ayuda y consejo.

—Te escucho, sirviente. ¿Cuál es tu problema?

—El hombre al que sirvo aquí abajo… Parece que algo le ha ocurrido, y no acabo de comprenderlo.

—Explícate.

—Desde que le conozco, desde que vi por primera vez su horrenda cara, sólo ha tenido una obsesión. Que yo he alentado y fomentado en todas sus fases. En un mundo que percibe como hostil a él, siempre ha querido triunfar. Fui yo quien canalizó esa obsesión hacia la obtención de dinero, siempre más dinero, y eso lo llevó a tu servicio. ¿No es así?

—Has obrado de forma brillante, sirviente. Cada día su riqueza aumenta, y tú te encargas de que esté consagrado a mi servicio.

—Desde hace un tiempo, sin embargo, otro tema le obsesiona cada vez más. Permanece ocioso, pero lo peor es que derrocha el dinero. Sólo piensa en la ópera. La ópera no da beneficios.

—Lo sé. Es de una irrelevancia total. ¿Qué parte de su fortuna dedica a este fetiche?

—Hasta el momento, una ínfima fracción. Mi temor es que le distraiga de la dedicación a aumentar tu imperio de oro.

—¿Ha dejado de ganar dinero?

—Todo lo contrario. En ese aspecto, nada ha cambiado. Las ideas originales, las grandes estrategias, el extraordinario ingenio que a veces se me antoja clarividencia, todo esto aún lo posee. Todavía presido las reuniones en la sala de juntas. Soy yo quien, a los ojos del mundo, dirige las grandes adquisiciones, construye un imperio cada vez mayor de fusiones e inversiones. Soy yo quien destruye a los débiles y desvalidos, y se regocija con sus súplicas. Soy yo quien aumenta los alquileres de los pisos pobres, quien ordena el desalojo de casas y escuelas para construir en su lugar fábricas y patios de maniobras. Soy yo quien soborna y corrompe a las autoridades de la ciudad para lograr su aquiescencia. Soy yo quien firma las órdenes de compra de grandes paquetes de acciones de las industrias pujantes de todo el país. Pero invariablemente es él quien da las instrucciones, planea las campañas, idea lo que debo decir y hacer.

—¿Su buen juicio empieza a fallarle?

—No, Maestro. Es tan perfecto como siempre. La Bolsa está asombrada de su audacia y previsión, aunque cree que son mías.

—Entonces ¿cuál es el problema, sirviente?

—Me pregunto, Maestro, si ha llegado el momento de que desaparezca y yo lo herede todo.

—Sirviente, has actuado con brillantez, pero sólo porque has seguido mis órdenes. Es cierto que posees talento, siempre lo has sabido, y sólo a mí eres leal; pero Erik Muhlheim va más allá. Pocas veces se encuentra a un verdadero genio en materia de oro. Él lo es, y no sólo eso. Inspirado por el odio al ser humano, guiado por ti a mi servicio, no es únicamente un genio creador de riqueza, sino que se muestra inmune a los escrúpulos, a los principios, a la misericordia, a la piedad, a la compasión y, lo más importante, al amor, igual que tú. Es una herramienta humana de ensueño. Un día, llegará su momento, y tal vez te ordene que acabes con su vida. Para que puedas heredar, por supuesto. «Todos los reinos del mundo», fue la frase que utilicé una vez, con Otro. Contigo, todo el imperio financiero de Estados Unidos. ¿Te he decepcionado hasta el momento?

—Jamás, Maestro.

—Y tú, ¿me has traicionado?

—Jamás, Maestro.

—Pues ya está. Dejemos que continúe un tiempo más. Háblame de su nueva obsesión, y del motivo de ella.

—Los estantes de su biblioteca siempre han estado abarrotados de libretos de ópera y de obras relativas a este arte, pero cuando me las ingenié para que nunca pudiera poseer un palco privado, oculto a la vista del público, en el Metropolitan, pareció perder el interés. Ahora ha invertido millones en un teatro de la ópera que rivalice con aquél.

—Hasta ahora, siempre ha recuperado sus inversiones, y con creces.

—Es cierto, pero esta aventura provocará pérdidas, aunque signifiquen menos del uno por ciento de su riqueza. Y eso no es todo. Su humor ha cambiado.

—¿Por qué?

—No lo sé, Maestro; pero empezó después de la llegada de la misteriosa carta de París, donde vivió antes.

—Cuéntame.

—Vinieron dos hombres. Uno, un insignificante periodista de un diario de Nueva York, que sólo era el guía. El otro, un abogado de Francia, traía una carta. La habría abierto, pero él me estaba vigilando. Cuando se fueron, bajó y cogió la carta. Se sentó a la mesa de la sala de juntas y la leyó. Yo fingí marcharme, pero miré por una rendija de la puerta. Cuando se levantó, parecía cambiado.

—¿Y desde entonces?

—Antes, no era más que el socio en la sombra de un hombre llamado Hammerstein, constructor y alma del nuevo teatro de la ópera. Hammerstein es rico, pero no se puede comparar. Fue Muhlheim quien aportó lo suficiente para llevar el edificio a su término.

»Desde la llegada de la carta, sin embargo, no ha parado de implicarse en el proyecto. Ya había enviado a Hammerstein a París con un torrente de dinero, para convencer a una cantante llamada Nellie Melba de que viniera a Nueva York para actuar en Año Nuevo. Ahora ha enviado un frenético mensaje a París en el que ordena a Hammerstein que consiga a otra *prima donna*, la gran rival de Melba, una cantante francesa llamada Christine de Chagny.

»Se ha implicado en las decisiones artísticas, cambiando la ópera inaugural, que era de Bellini, por otra, y ha insistido en un reparto diferente. Pero, sobre todo, se pasa todas las noches escribiendo como un poseso...

—¿Qué escribe?

—Música, Maestro. Le oigo en su apartamento de la azotea. Cada mañana, hay fajos nuevos de partituras. De madrugada, oigo las notas del órgano que ha instalado en su salón. Yo no entiendo de esas cosas. La música no significa nada para mí, sólo es un ruido absurdo. Pero está componiendo algo allí arriba, y creo que se trata de una ópera. Ayer encargó al buque correo más veloz de la costa este que llevara a París la parte de la obra terminada. ¿Qué debo hacer?

—Todo esto es una locura, sirviente, aunque relativamente inofensiva. ¿Ha invertido más dinero en este funesto teatro de la Ópera?

—No, Maestro, pero estoy preocupado por mi herencia. Hace mucho tiempo me dijo que, en caso de que algo le sucediera, yo debía heredar su imperio, sus cientos de millones de dólares, y continuar dedicándolos a tu servicio. Ahora temo que haya cambiado de opinión. Podría dejar cuanto posee a una especie de fundación dedicada a esta desdichada obsesión por la ópera.

—Necio sirviente, eres su hijo adoptivo, su heredero, su sucesor, el destinado a recibir su imperio de oro y poder. ¿No te lo ha prometido? Más aún, ¿no te lo he prometido yo? ¿Acaso puedo ser derrotado?

—No, Maestro, eres supremo, el único dios.

—Entonces, cálmate. Pero deja que te diga algo. No es un aviso, sino una orden: si en algún momento percibieras una verdadera amenaza a la herencia de todas sus posesiones, su dinero, su oro, su poder, su reino, destruirás dicha amenaza sin piedad ni dilación. ¿Me he expresado con claridad?

—Perfectamente, Maestro. Y gracias. Obedeceré tus órdenes.

6

LA COLUMNA
DE GAYLORD SPRIGGS

Crítico de Ópera del New York Times, *noviembre de 1906*

Para los amantes de la ópera de la ciudad de Nueva York, e incluso de aquellos cercanos a nuestra gran metrópoli, traigo buenas noticias. La guerra ha estallado.

No, no se trata de la reanudación de aquella guerra hispano-norteamericana en la que nuestro presidente Teddy Roosevelt tanto se distinguió, hace algunos años, en la colina de San Juan, sino de una guerra en el mundillo de la ópera de nuestra ciudad. ¿Y por qué esa guerra significa una buena noticia? Porque las tropas serán las voces más bellas del planeta, la munición será esa clase de dinero con que la mayoría de nosotros sólo puede soñar, y los beneficiarios serán los amantes de la ópera superlativa.

Pero permítanme, empleando las palabras de la Reina Blanca en *Alicia en el País de las Maravillas* (y Nueva York está empezando a parecerse a la reciente fantasía de Lewis Carroll), que empiece por el principio. Los devotos sabrán que en octubre de 1883 el teatro de la Ópera Metropolitana abrió sus puertas con una representación inaugural del *Fausto*, de Gounod, y así elevó Nueva York a la misma altura del Covent Garden y La Scala.

Pero ¿por qué llegó a abrir un teatro de la ópera tan magnificente, con tan sólo 3.700 butacas en el auditorio dedicado a la lírica más grande del mundo? La animosidad y el dinero constituyen una poderosa combinación. Los nuevos aristócratas más ricos y poderosos de esta ciudad se ofendieron muchísimo al enterarse de que no podrían obtener palcos privados en la antigua Academia de Música de la calle Catorce, ahora desaparecida.

De modo que se agruparon, conspiraron, y ahora disfrutan regularmente de su amor a la ópera con el estilo y comodidad a que están acostumbrados los miembros de la lista de los Cuatrocientos de la señora Astor. Y qué glorias nos ha traído el Met a lo largo de los años, y continúa trayendo, bajo el inspirado liderazgo del señor Heinrich Conreid. Pero ¿he dicho guerra? Pues sí. Porque ahora, un nuevo Lochinvar, el héroe imaginado por Walter Scott, cabalga sobre el horizonte para desafiar al Met con una galaxia impresionante de nombres.

Después de un anterior intento abortado de abrir su propio teatro lírico, el magnate del tabaco, diseñador y constructor teatral Óscar Hammerstein acaba de concluir el teatro de la Ópera de Manhattan, en la calle 34 Oeste. Más pequeño, es verdad, pero lujosamente decorado, con mullidos asientos y una acústica soberbia, y se propone rivalizar con el Met oponiendo calidad a cantidad. ¿De dónde procede esta calidad? Nada menos que de la mismísima Nellie Melba.

Sí, ésta es la primera buena noticia de la guerra de la ópera. Nellie Melba, la Dama, que en anteriores ocasiones se ha negado terminantemente a cruzar el Atlántico, ha accedido a venir, y por unos honorarios que cortan la respiración. Fuentes parisienses de toda solvencia me han confirmado que ésta es la historia que hay detrás de la historia.

Durante el mes pasado, el señor Hammerstein ha puesto cerco a la diva australiana en su residencia del Grand Hotel de Garnier, construido por el mismo genio que edificó la Ópera de París, donde Nellie Melba ha actuado tantas veces. Al principio, ella se negó. Él le ofreció mil quinientos dólares por noche. ¡Imaginen! Ella siguió en sus trece. Él gritó por el agujero de la cerradura del cuarto de baño, y elevó los honorarios a dos mil quinientos dólares por noche. Increíble. Después, a tres mil dólares por noche, en un teatro donde un miembro del coro cobra quince dólares a la semana o tres dólares por actuación.

Por fin, irrumpió en el salón privado de la diva y empezó a arrojar al suelo billetes de mil francos. Pese a las protestas de la Dama, continuó antes de salir hecho una furia. Cuando la diva contó el dinero, Hammerstein había dejado cien mil francos franceses, o veinte mil dólares, tirados sobre la alfombra persa. Me han informado que la cantante se hospeda ahora con los Rotschild en la rue Lafitte, pero sus defensas están bajas. Ha accedido a venir. Al fin y al cabo, en otro tiempo fue la esposa de un granjero australiano, y es muy capaz de reconocer a una oveja cuando la están esquilando.

Si esto fuera todo, bastaría para provocar infartos en la esquina de Broadway con la Treinta y nueve, los dominios del señor Conreid. Pero hay más. Porque el señor Hammerstein ha contratado nada más y nada menos que a Alessandro Gonci, el único capaz de rivalizar, en calidad y fama, con el ya inmortal Enrico Caruso, para que protagonice el 3 de diciembre la representación inaugural. Como apoyo del señor Gonci, otros grandes nombres como Amadeo Bassi y Charles Dalmores estarán en el programa, junto con los barítonos Mario Ancona y Maurice Renaud, y la soprano Emma Calve.

Sólo esto bastaría para revolucionar Nueva York. Sin embargo, aún hay más. Finos oídos y lenguas afiladas han afirmado durante cierto tiempo que ni siquiera la riqueza del señor Hammerstein podía permitirse una extravagancia tan asombrosa. Tiene que haber un Creso secreto detrás de él que lleve el control, haga uso de sus influencias y, en definitiva, pague las facturas. ¿Quién es este tesorero invisible, este fantasma de Manhattan? Sea quien sea, se ha excedido en sus intentos de mimarnos. Porque si hay un nombre que influye en Nellie Melba como un trapo rojo en un toro, es el de su única rival, la bellísima aristócrata francesa Christine de Chagny, más joven que ella, conocida en toda Italia como la Divina.

¿Cómo, os oigo gritar, no puede venir también? Pues claro que sí. Y aquí topamos con un misterio, doble, además.

El primero es que, al igual que Nellie Melba, la Divina siempre se ha negado a cruzar el Atlántico con la excusa de que dicha expedición supondría demasiado tiempo y problemas. Por este motivo, el Met nunca ha tenido el honor de recibir a ninguna de las dos. No obstante, mientras Nellie Melba ha sido claramente seducida por las cantidades astronómicas que le ha ofrecido el señor Hammerstein, la vizcondesa de Chagny es famosa por su total inmunidad a la atracción del dólar, no importa en qué cantidades.

Si un torrente de dinero fue el argumento que venció a la dama australiana, ¿cuál fue el argumento que persuadió a la aristócrata francesa? Lo ignoramos... todavía.

Nuestro segundo misterio concierne a un repentino cambio en la programación del nuevo teatro de la Ópera de Manhattan. Antes de partir hacia París para contratar a las más famosas divas del mundo, el señor Hammerstein había anunciado que la ópera inaugural sería *I Puritani*, de Bellini.

La construcción de los decorados ya había empezado, y los programas se habían enviado a las imprentas. Ahora, me han dicho que el Creso invisible ha insistido en que habrá un cambio. Adiós a *I Puritani*. En su lugar, el Manhattan se inaugurará con una ópera nueva de un compositor desconocido y anónimo. Es un riesgo insólito, la primera vez que ocurre algo semejante. Todo resulta demasiado asombroso.

De las dos *primas donnas*, ¿cuál protagonizará esta nueva obra desconocida? Las dos no pueden hacerlo. ¿Cuál llegará primero? ¿Cuál cantará con Gonci bajo la batuta de otra estrella, el director Cleofonte Campanini? Las dos no pueden hacerlo. ¿Cómo repelerá el ataque el Metropolitan, con su peligrosísima elección de *Salomé* para inaugurar la temporada? ¿Cuál es el título de esta nueva obra que el Manhattan presentará en su velada inaugural?

Hay suficientes hoteles en Nueva York de la mejor calidad para permitir que las dos divas no compartan el mismo techo, pero ¿y transatlánticos? Francia tiene dos estrellas, el *Saboya* y el *Lorena*. Uno para cada una. ¡Oh, amantes de la ópera, qué invierno se avecina!

7

LA LECCIÓN
DE PIERRE DE CHAGNY

SS Lorraine, *canal de Long Island,*
28 de noviembre de 1906

—Bien, ¿qué será hoy, joven Peter? Latín, me parece.

—¿Es necesario, padre Joe? Pronto entraremos en el puerto de Nueva York. El capitán se lo dijo a mamá durante el desayuno.

—Ahora mismo estamos pasando por delante de Long Island, y es una costa desierta. No se ve más que niebla y rocas. Un momento estupendo para matar el tiempo con los *Comentarios de las guerras de las Galias*, de Julio César. Abre tu libro por donde lo dejamos.

—¿Es importante, padre Joe?

—Ya lo creo.

—¿Por qué es importante el que Julio César invadiera Inglaterra?

—Bien, si fueras un legionario romano a punto de adentrarse en una tierra desconocida poblada por salvajes, lo habrías considerado importante. Y si fueras un antiguo bretón con las águilas de Roma a punto de posarse sobre la playa, también lo habrías considerado importante.

—Pero yo no soy un soldado romano, ni mucho menos un antiguo bretón. Soy un francés moderno.

—A cuyo cargo me encuentro, Dios nos asista, con el fin de procurarte una buena educación, académica y moral. Bien, la primera invasión de la isla que Julio César sólo conocía como Bretaña. Empieza por la línea de arriba.

—*Accidit ut eadem nocte luna esset plena.*

—Bien. Traduce.

—Cayó..., *nocte* significa noche... ¿Cayó la noche?

—No, la noche no cayó. Ya había caído. Estaba mirando al cielo. Y *accidit* significa «sucedió» o «acaeció». Empieza otra vez.

—Sucedió que en la misma noche..., eh..., ¿de luna llena?

—Exacto. Ahora, tradúcelo con más precisión.

—Sucedió que en la misma noche había luna llena.

—Muy bien. Tienes suerte con César. Escribía con el lenguaje claro propio del soldado que era. Cuando lleguemos a Ovidio, Horacio, Juvenal y Virgilio, nos encontraremos con verdaderos problemas. ¿Por qué dice *esset* en lugar de *erat*?

—¿Subjuntivo?

—Muy bien. Un elemento de duda. Podría no haber contado con la ventaja de la luna llena, pero, por casualidad, esa noche había luna llena. Por eso, el subjuntivo. Tuvo suerte con la luna.

—¿Por qué, padre Joe?

—Porque estaba invadiendo una tierra desconocida en plena oscuridad, muchacho. En aquellos tiempos no había focos poderosos ni faros que salvaran a los barcos de estrellarse contra las rocas. Necesitaba encontrar una playa entre los acantilados. Por eso, la luz de la luna lo ayudaba.

—¿También invadió Irlanda?

—No. La antigua Hibernia siguió inviolada durante otros mil doscientos años, hasta mucho después de que san

Patricio nos trajera la cristiandad. Y no fueron los romanos, sino los ingleses. Y tú eres muy listo, pues intentas alejarme de las *Guerras de las Galias*, de César.

—¿No podemos hablar de Irlanda, padre Joe? Ya he visto casi toda Europa, pero nunca he ido a Irlanda.

—¿Por qué no? Dejaremos para mañana la llegada de César a la bahía de Pevensey. ¿Qué quieres saber?

—¿Procede usted de una familia rica? ¿Sus padres tenían una casa bonita y grandes propiedades como los míos?

—Pues no. La mayoría de las grandes propiedades pertenecen a los ingleses o a los angloirlandeses. No obstante, los Kilfoyle se remontan a los tiempos anteriores a la conquista. Mis padres eran agricultores pobres.

—¿Casi todos los irlandeses son pobres?

—Bien, la verdad es que la gente del campo no tiene cucharas de plata. La mayoría son agricultores arrendatarios que a duras penas viven de lo que obtienen de la tierra. Mi gente es así. Yo procedo de una pequeña granja situada en las afueras de la ciudad de Mullingar. Mi padre labraba la tierra de sol a sol. Éramos nueve hermanos. Yo fui el segundo en nacer, y vivíamos sobre todo a base de patatas mezcladas con leche de nuestras dos vacas y remolachas de los campos.

—Pero usted recibió una educación, padre Joe.

—Pues claro. Puede que Irlanda sea pobre, pero no anda escasa de santos, eruditos, poetas, soldados y, ahora, algunos sacerdotes. A los irlandeses sólo les preocupa el amor a Dios y la educación, por ese orden. Todos asistíamos a la escuela del pueblo, que dirigían los padres. Estaba a cinco kilómetros de distancia, e íbamos andando descalzos. Cada día. Las tardes de verano, hasta que oscurecía, y todos los días festivos, ayudábamos a nuestro padre en la granja. Después, hacíamos los deberes a la luz de una única vela, hasta que nos dormíamos, cinco en un catre y los cuatro pequeños con nuestros padres.

—*Mon Dieu*, ¿no tenían diez dormitorios?

—Escucha, jovencito, tu dormitorio del *chateau* es más grande que toda la granja. Eres más afortunado de lo que crees.

—Ha recorrido un largo camino desde entonces, padre Joe.

—Oh, ya lo creo, y cada día me pregunto por qué el Señor me favoreció de esta manera.

—Pero recibió una educación.

—Sí, y buena. Inculcada en nosotros mediante una combinación de paciencia, amor y correa. Leer y escribir, sumas y latín, historia, pero no mucha geografía, porque los padres nunca se habían movido de allí y se daba por sentado que nosotros tampoco lo haríamos.

—¿Por qué decidió hacerse sacerdote, padre Joe?

—Bien, íbamos a misa cada mañana antes de clase, y todos los domingos con la familia. Me hice monaguillo, y la misa empezó a influir en mí. Miraba la gran figura de madera que colgaba sobre el altar y pensaba, si Él hizo eso por mí, tal vez debería servirle lo mejor posible. Era un buen alumno, y cuando ya estaba a punto de abandonar la escuela, pregunté si existía alguna posibilidad de que me enviaran al seminario para convertirme en sacerdote.

»Bien, sabía que mi hermano mayor heredaría la granja algún día, y yo sería una boca menos que alimentar. Tuve suerte. Me enviaron a Mullingar para una entrevista, con una nota del padre Gabriel, de la escuela, y me aceptaron en el seminario de Kildare. Estaba a kilómetros de distancia. Aquello era una gran aventura.

—Pero ahora ha estado con nosotros en París y Londres, en San Petersburgo y Berlín.

—Sí, pero eso es ahora. Cuando tenía quince años, el viaje a Kildare suponía, insisto, una gran aventura. Me aceptaron, estudié durante años, hasta que llegó el momento de ser ordenado. En mi clase éramos bastantes, y el cardenal arzobispo vino desde Dublín para ordenarnos a todos. Cuando terminó, pensé que iba a pasar mi vida en alguna humilde parroquia en la parte oeste, o en una parroquia olvidada de Connaught, tal vez. Y lo habría aceptado con alegría.

»Pero el rector me llamó. Estaba con otro hombre al que yo no conocía. Resultó ser el obispo Delaney de Clontarf, que andaba necesitado de un secretario privado. Dijeron que mi caligrafía era excelente. ¿Aceptaba el puesto? Bien, era casi demasiado bueno para ser verdad. Tenía veintiún años y me estaban invitando a vivir en el palacio de un obispo, y a ser secretario de un hombre responsable de toda una sede.

»Me fui con el obispo Delaney, un hombre bueno y santo, pasé cinco años en Clontarf y aprendí muchas cosas.

—¿Por qué no se quedó allí, padre Joe?

—Estaba convencido de que sería así, al menos hasta que la Iglesia me encontrara otra labor. Una parroquia en Dublín, tal vez, o en Cork o Waterford. Pero la suerte volvió a cruzarse en mi camino. Hace diez años, el nuncio papal, el embajador del Papa en Inglaterra, llegó de Londres para recorrer las provincias irlandesas, y pasó tres días en Clontarf. El cardenal Massini venía con un séquito, del cual formaba parte monseñor Eamonn Byrne, del Colegio Irlandés de Roma. Nos encontrábamos muy a menudo, y nos llevábamos bien. Descubrimos que sólo quince kilómetros separaban nuestros respectivos lugares de nacimiento, aunque él era varios años mayor que yo.

»El cardenal prosiguió su camino y no volví a pensar en ello. Cuatro semanas después, llegó una carta del rector del Colegio Irlandés, ofreciéndome una plaza. El obispo Delaney dijo que lamentaba mi marcha, pero me dio su bendición y me alentó a aprovechar la oportunidad. Llené mi única bolsa de viaje y cogí el tren hasta Dublín. Pensé que era una ciudad grande, hasta que el transbordador y otro tren me llevaron a Londres. Nunca había visto un lugar semejante, ni había pensado que una ciudad pudiera ser tan grande y monumental.

»Después, otro transbordador me condujo a Francia, donde al llegar cogí un tren hasta París. Otro espectáculo asombroso. Apenas daba crédito a lo que veía. El último tren cruzó los Alpes y me dejó en Roma.

—¿Le sorprendió Roma?

—Me asombró e impresionó. Allí estaba la ciudad del Vaticano, la capilla Sixtina, la basílica de San Pedro... Me abrí paso entre la multitud, alcé la vista hacia el balcón y recibí la bendición *urbi et orbi* de Su Santidad en persona. Me pregunté cómo era posible que un muchacho de una granja humilde de las afueras de Mullingar hubiese llegado tan lejos y gozara de tantos privilegios. Escribí a mis padres, les conté todo, y ellos enseñaron la carta a todo el pueblo y se convirtieron en celebridades.

—Pero ahora vive con nosotros, padre Joe.

—Otra coincidencia, Pierre. Hace seis años, tu mamá vino a cantar a Roma. No sé nada de ópera, pero sucedió que un miembro del reparto, un irlandés, cayó fulminado por un infarto. Enviaron a buscar un sacerdote, y yo estaba de guardia aquella noche. No pude hacer más por el pobre hombre que darle la extremaunción, pero lo habían llevado al camerino de tu madre, a instancias de ella. Fue allí donde la conocí. Estaba muy afligida. Intenté consolarla, y le expliqué que Dios nunca es malvado, aunque llame a Su lado a alguno de Sus hijos. Me había dedicado a aprender italiano y francés, de modo que hablamos en este último idioma. A ella pareció sorprenderle que alguien hablara esas dos lenguas, aparte del inglés y el gaélico.

»También tenía problemas por otros motivos. Su carrera la llevaba de un sitio a otro de Europa, de Rusia a España, de Londres a Viena. Tu padre necesitaba dedicar más tiempo a sus propiedades de Normandía. Tú tenías más de seis años y te estabas descontrolando un poco, porque los viajes interrumpían a menudo tu educación, pero eras demasiado pequeño para un internado, y además, tu madre no deseaba separarse de ti. Sugerí que contratara a un preceptor particular que viajara con ella a todas partes. Lo estaba meditando cuando me marché, con el fin de regresar al Colegio Irlandés y reanudar mis estudios.

»Su contrato era por una semana, y el día anterior a la partida me llamaron al despacho del rector, y allí estaba ella. Le había causado una gran impresión. Me pidió que fuera tu preceptor particular, que fuera tu educador, tu guía moral y te controlara un poco. Yo quedé perplejo e intenté negarme.

»Pero el rector no quiso ni oír hablar de eso y lo convirtió en una orden. Como la obediencia es uno de nuestros votos, la suerte estaba echada. Y como sabes, he estado contigo desde entonces, intento meterte un poco de conocimientos en esa cabezota e impedir que te conviertas en un completo bárbaro.

—¿Se arrepiente, padre Joe?

—No. Porque tu padre es un buen hombre, más de lo que imaginas, y tu mamá es una gran señora, y posee ese talento extraordinario que Dios le ha dado. Vivo y como demasiado bien, por supuesto, y debo hacer penitencia constante por ese estilo de vida, pero he visto cosas asombrosas: ciudades que dejan sin respiración, pinturas y galerías de arte que son el material con el que se forjan las leyendas, óperas que conmueven hasta el llanto, y ya ves, todo eso le ha pasado a un niño que nació en un campo de patatas.

—Me alegro de que mamá le eligiera, padre Joe.

—Bien, gracias, pero no te alegrarás tanto cuando volvamos a atacar las *Guerras de las Galias*, lo cual deberíamos hacer ahora mismo..., pero aquí viene tu madre. ¡Levántate, muchacho!

—¿Qué están haciendo aquí? Hemos entrado en las radas, el sol ha salido y ha disipado la niebla, y desde la proa se ve todo Nueva York, que parece avanzar hacia nosotros. Abríguense y vengan a mirar, porque éste es uno de los mayores espectáculos del mundo, y si zarpamos de noche nunca volverán a verlo.

—Muy bien, señora, allá vamos —dijo el padre Joe—. Parece que has vuelto a tener suerte, Pierre. Se acabó César por hoy.

—Padre Joe.

—¿Mmm?

—¿Habrá grandes aventuras en Nueva York?

—Más que suficientes, porque el capitán me ha dicho que una gran recepción cívica nos espera en el muelle. Nos alojaremos en el Waldorf-Astoria, uno de los más grandes y famosos hoteles del mundo. Dentro de cinco días, tu madre inaugurará un nuevo y flamante teatro de la ópera, y cantará cada noche durante una semana. En ese tiempo, creo que podremos explorar un poco, ver los monumentos, coger el nuevo tren elevado... Lo he leído todo en un libro que compré en Le Havre.

»Bien, mira eso, Pierre. ¿A que es un espectáculo fantástico? Transatlánticos y remolcadores, cargueros y fleteros, goletas y barcos de ruedas de paleta. ¿Cómo es posible que no choquen entre sí? Y allí está, a tu derecha. La señora de la antorcha, la Estatua de la Libertad. Ay, Pierre, si supieras cuántos desgraciados huidos del Viejo Mundo la han visto emerger de la niebla, y han comprendido que iniciaban una nueva vida. Millones y millones, incluidos mis compatriotas. Porque desde la gran hambruna de hace cincuenta años, la mitad de los irlandeses se han trasladado a Nueva York, apretujados como ganado en las bodegas de tercera clase, y han subido a cubierta pese al frío de la mañana para ver la ciudad flotar sobre el agua, y para rezar por que se les permitiera la entrada.

»Desde entonces, muchos de ellos se han adentrado en el país, incluso hasta la costa de California, para ayudar a construir una nueva nación. Pero muchos siguen aquí, en Nueva York. Hay más en esta ciudad que en Dublín, Cork y Belfast juntos. Aquí me sentiré como en casa, muchacho. Hasta podré echarme al coleto una pinta de buena cerveza irlandesa, que hace muchos años que no encuentro.

»Sí, Nueva York será para todos nosotros una gran aventura, y quién sabe qué pasará. Sólo Dios lo sabe, pero no nos lo dirá. Hemos de descubrirlo por nosotros mismos. Bien, es hora de ir a cambiarnos para la recepción cívica. La pequeña Meg se quedará con tu mamá. Tú pegate a mí hasta llegar al hotel.

—Okey, padre Joe. Eso es lo que dicen los norteamericanos, okey. Lo leí en un libro. ¿Cuidará de mí en Nueva York?

—Por supuesto, muchacho. ¿No lo hago siempre, en ausencia de tu padre? Vamos, date prisa. Ponte tu mejor traje y compórtate como mejor sabes.

8

EL REPORTAJE DE BERNARD SMITH

Corresponsal marítimo del New York American,
29 de noviembre de 1906

Más pruebas se nos han ofrecido, si es que eran necesarias, de que el gran puerto de Nueva York se ha convertido en el mayor imán del mundo para la recepción de los mejores y más lujosos transatlánticos que nuestro país ha visto.

Hace tan sólo diez años, apenas tres transatlánticos de lujo cubrían la ruta del Atlántico Norte, desde Europa al Nuevo Mundo. El viaje era duro, y la mayoría de los viajeros preferían los meses de verano. Hoy, nuestros remolcadores y gabarreros tienen dónde elegir.

La compañía británica Inman tiene una línea regular con su *City of Paris*. Cunard se muestra a la altura de sus rivales con los nuevos *Campania* y *Lucania*, en tanto que la White Star responde con el *Majestic* y el *Teutonic*. Todas estas compañías británicas se pelean por el privilegio de facilitar a los ricos y famosos de Europa la experiencia que supone disfrutar de la hospitalidad de nuestra gran ciudad.

Ayer le llegó el turno a la Compagnie Générale Transatlantique de Le Havre (Francia) de enviar la joya de su corona, el *Lorena*, hermano gemelo del igualmente suntuoso *Saboya*, a ocupar su amarradero reservado en el río Hudson. Sus pasajeros no se ceñían tan sólo a la crema de la alta sociedad de Francia; el *Lorena* nos trajo un regalo extra y muy especial.

No debe extrañar que, desde la hora del desayuno, antes incluso de que el buque francés se viera libre de las radas y rodeara el extremo de Battery Point, una hueste de berlinas y cabriolés particulares empezaran a congestionar las calles North Canal y Morton, cuando curiosos de las mansiones situadas en la parte alta buscaban un sitio desde el que aplaudir a nuestra huésped, al estilo de Nueva York.

¿Y quién era ella? Nada menos que Christine, vizcondesa de Chagny, para muchos la mejor soprano del mundo..., ¡pero no se lo digan a Nellie Melba, que llegará dentro de diez días!

El muelle Cuarenta y dos de la línea francesa estaba abarrotado de banderas tricolores cuando el sol salió y la niebla se disipó. Apareció entonces el *Lorena*, rodeado de remolcadores, que avanzaba hacia su amarradero en el Hudson.

Apenas quedaba espacio para la multitud que se había reunido allí, cuando el *Lorena* nos saludó por tres veces haciendo sonar su sirena para niebla, y los barcos más pequeños de todas partes del río contestaron de la misma manera. En la parte delantera del muelle se encontraba el estrado, adornado con banderas francesas y la enseña nacional estadounidense, donde el alcalde George B. McClellan se disponía a ofrecer a la señora de Chagny la bienvenida oficial a Nueva York, cinco días antes de que interpretara la ópera inaugural en el nuevo teatro de la Ópera de Manhattan.

Alrededor de la base del estrado se había congregado un

mar de sombreros de copa relucientes y ondulantes sombreros de mujer, pues la mitad de la alta sociedad de Nueva York esperaba ver, siquiera por un momento, a la estrella. Desde los muelles cercanos, estibadores y trabajadores que jamás habrían oído hablar del teatro lírico o de la soprano se habían subido a grúas y cabrias para satisfacer su curiosidad. Antes de que el *Lorena* hubiera arrojado su primera guindaleza al muelle, todos los edificios que bordeaban el embarcadero estaban negros de humanidad. Empleados de la compañía francesa extendieron una larga alfombra roja desde el estrado hasta la base de la pasarela, en cuanto ésta estuvo colocada.

Los funcionarios de aduanas subieron a toda prisa la pasarela para completar las formalidades necesarias de la diva y su séquito, en la intimidad de su camarote, al tiempo que el alcalde, con la debida pompa y circunstancia, llegaba al muelle acompañado de una patrulla de policías con sus chaquetones azules. El alcalde, así como los capitostes del Ayuntamiento y sociedades cívicas que habían venido con él, fueron escoltados por entre la multitud hasta el estrado, mientras la banda de la policía atacaba los acordes de *Barras y estrellas.* Todas las cabezas se descubrieron cuando el alcalde y los dignatarios de la ciudad ocuparon sus puestos, de cara al pie de la pasarela.

Por mi parte, había evitado el recinto dedicado a la prensa a la altura del suelo, ocupando en su lugar una ventana de la segunda planta de un almacén situado al principio del muelle, y desde el cual dominaba todo el escenario, el mejor lugar para describir a los lectores del *American* lo sucedido.

A bordo del *Lorena*, los pasajeros de primera clase miraban desde sus cubiertas elevadas. Disfrutaban de una panorámica excelente, pero no podrían desembarcar hasta que la bienvenida ofrecida por las autoridades a los visitantes ilustres hubiera terminado. En las portillas inferiores vi los rostros de los pasajeros de tercera clase, que contemplaban los acontecimientos.

Pocos minutos antes de las diez, se produjo un tumulto a bordo del *Lorena* cuando el capitán y un grupo de oficiales escoltaron a una figura solitaria hacia la pasarela. Después de despedirse con cordialidad de sus compatriotas franceses, la señora de Chagny empezó a bajar la pasarela para pisar por primera vez suelo estadounidense. Aguardaba para recibirla el señor Oscar Hammerstein, el empresario propietario y director de la Ópera de Manhattan, cuya tenacidad ha logrado convencer tanto a la vizcondesa como a la Dama de que cruzaran el Atlántico en invierno y cantaran para nosotros.

Con un gesto del Viejo Mundo muy poco practicado en nuestra sociedad, el empresario se inclinó y besó la mano extendida de la diva. Se oyeron gritos y silbidos procedentes de los obreros subidos a las grúas, pero la reacción fue más risueña que burlona, y una salva de aplausos saludó el gesto. Procedía de las apretadas filas de sombreros de copa agrupados alrededor del estrado.

Cuando llegó a la alfombra roja, la señora de Chagny se volvió y, del brazo del señor Hammerstein, caminó hacia el estrado. Al mismo tiempo, y con un estilo que pondría en peligro la candidatura del alcalde McClellan si le disputara la reelección, saludó y dedicó una sonrisa radiante a los obreros subidos en las grúas y en las cajas de embalar. Los hombres respondieron con más silbidos, esta vez de agradecimiento. Como ninguno de ellos la oirá cantar, el gesto tuvo una gran acogida.

Mediante unos poderosos prismáticos enfoqué a la *prima donna* desde mi ventana. A los treinta y dos años se conserva muy bella, delgada y menuda. Es cosa sabida que los amantes de la ópera se asombran de que un cuerpo tan frágil pueda albergar una voz tan potente. Iba cubierta desde los hombros hasta los tobillos (pues la temperatura era inferior a cero grados, a pesar del sol) con un abrigo de terciopelo color burdeos ceñido a la cintura, con adornos de visón en la garganta, los puños y el dobladillo, y se tocaba con un sombrero circular estilo cosaco de la misma piel. Llevaba el cabello sujeto en un pulcro moño. Las reinas de la moda de Nueva York no podrán dormirse en sus laureles cuando esta dama pasee por Peacock Alley.

Detrás de ella vi un séquito muy poco numeroso y discreto que bajaba por la pasarela; estaba compuesto por su doncella personal y antigua colega, la señora Giry, dos secretarios que se encargan de su correspondencia y los trámites de los viajes, su hijo Pierre, un guapo muchacho de doce años, y su profesor particular, un joven y risueño sacerdote irlandés vestido con sotana negra y sombrero de ala ancha.

Cuando ayudaron a la diva a subir al estrado, el alcalde McClellan le estrechó la mano, al estilo norteamericano, y le dio la bienvenida oficial, algo que repetirá dentro de unos días con la australiana Nellie Melba. Si existía algún temor de que la señora de Chigny no entendiera sus palabras, pronto fue disipado. No necesitó intérprete, y cuando el alcalde terminó, avanzó hacia la parte delantera del estrado y nos dio las gracias a todos en un inglés fluido con un delicioso acento francés.

Lo que dijo fue sorprendente y halagador a la vez. Después de dar las gracias al alcalde y a la ciudad por una bienvenida tan conmovedora, confirmó que había venido a cantar durante una semana sólo en la ópera que se representaría en la inauguración del teatro de la Ópera de Manhattan, y que la obra en cuestión era nueva, inédita, de un compositor norteamericano desconocido.

A continuación, reveló nuevos detalles. La historia se desarrolla durante la guerra de Secesión y se titula *El ángel de Shiloh*; gira en torno a la lucha entre el amor y el deber que desgarra a una dama del Sur, enamorada de un oficial de la Unión. Ella interpretará el papel de Eugenie Delarue. Añadió que había visto el libreto y la partitura en París, y fue la belleza asombrosa de la obra lo que la impulsó, contra su costumbre, a cruzar el Atlántico. Estaba dando a entender que el dinero no había influido en su decisión, una pulla destinada a Nellie Melba, la Dama. Una vez más, los obreros subidos a las grúas, que habían guardado silencio mientras ella hablaba, emitieron prolongados vítores y silbidos, que habrían sido groseros si no hubiesen expresado tanta admiración. La diva volvió a saludarles y se volvió para bajar por los peldaños del otro lado del estrado, con el fin de subir al coche que la aguardaba.

En aquel momento, ocurrieron dos cosas que no estaban previstas en el curso de aquella ceremonia impecable, planificada con tanto cuidado. La primera fue enigmática, y pocos la presenciaron. La segunda provocó una tormenta de carcajadas.

Por algún motivo, desvié la mirada del escenario mientras ella hablaba, y divisé una extraña figura, de pie sobre el tejado de un enorme almacén que se alzaba directamente frente al mío. Era un hombre, inmóvil, con la vista clavada en la cantante. Llevaba un sombrero de ala ancha e iba envuelto en una capa, que el viento agitaba. Había algo extraño y siniestro en aquella figura solitaria. ¿Cómo había subido hasta allí sin ser visto? ¿Qué estaba haciendo? ¿Por qué no se encontraba entre la multitud?

Enfoqué mis prismáticos. Debió de advertir el brillo del sol sobre las lentes, porque alzó la vista de repente y me miró. Entonces, vi que llevaba el rostro cubierto con una máscara, y tuve la impresión de que miraba con ferocidad durante un par de segundos. Oí gritos procedentes de los obreros subidos a las grúas, y vi dedos que señalaban, pero cuando otros ojos se volvieron a mirar, el extraño ya había desaparecido, con una velocidad que desafía toda explicación. Se había esfumado como si nunca se hubiera erguido sobre aquel tejado.

Segundos después, un estallido de aplausos y risas dio cuenta de la escasa inquietud creada por la aparición. La señora de Chagny estaba acercándose a la berlina que había dispuesto para ella el señor Hammerstein. El alcalde y demás personalidades de la ciudad la seguían a unos pasos de distancia. Todos vieron que entre su huésped y el carruaje, más allá de la alfombra roja, había un gran charco de nieve medio fundida, producto de la nevada del día anterior.

Las botas de un hombre lo habrían cruzado sin mayor problema, pero ¿qué decir de los elegantes zapatitos de la aristócrata francesa? Los prohombres de Nueva York contemplaron el obstáculo abatidos, pero impotentes. Entonces, advertí que un joven saltaba sobre la barrera que rodeaba el recinto de la prensa. Llevaba puesto su abrigo, pero cargaba al brazo otra prenda, que resultó ser una amplia capa de noche. La hizo girar en un arco y la prenda cayó sobre el charco que se interponía entre la cantante y la puerta abierta del carruaje. La diva le dedicó una brillante sonrisa, pisó la capa y, en dos segundos, estuvo acomodada en el interior de su berlina, mientras el cochero cerraba la portezuela.

El joven recogió su capa, mojada y manchada de barro, y cambió unas pocas palabras con el rostro enmarcado en la ventanilla antes de que el vehículo se alejara. El alcalde McClellan dio una palmada de agradecimiento en la espalda al joven, y cuando se volvió, descubrí que se trataba de un colega de este mismo periódico.

Bien está lo que bien acaba, como afirma el dicho popular, y la bienvenida de Nueva York a la dama parisiense terminó muy bien. Ahora, se encuentra alojada en la mejor suite del Waldorf-Astoria, y le aguardan cuatro días de ensayos y de proteger la voz antes de su debut, sin duda triunfal, en el teatro de la Ópera de Manhattan, el 3 de diciembre.

En el ínterin, sospecho que cierto joven colega mío estará explicando a todo el que quiera oírlo que el espíritu de sir Walter Raleigh no ha muerto por completo.

9

LA OFERTA DE CHOLLY BLOOM

Louie's Bar, Quinta Avenida esquina con la Veintiocho, Nueva York, 29 de noviembre de 1906

¿Alguna vez os he dicho, muchachos, que ser periodista en Nueva York es el mejor trabajo del mundo? ¿Sí? Bueno, perdonadme, pero voy a repetirlo. De todos modos, tenéis que perdonarme, porque yo invito. Barney, otra ronda de cervezas.

Recordad, hay que demostrar aptitud, energía e ingenio casi rayanos en lo genial, y por eso digo que este trabajo lo tiene todo. Lo de ayer, por ejemplo. ¿Estuvo alguno de vosotros ayer por la mañana en el muelle Cuarenta y dos? Tendríais que haber estado. Menudo espectáculo, qué gran acontecimiento. ¿Habéis leído el artículo de esta mañana en el *American*? Bien por ti, Harry, al menos hay alguien aquí que lee un diario decente, aunque trabajes para el *Post*.

Debo decir que no fue obra mía. Nuestro corresponsal marítimo estaba allí para cubrir la noticia. Yo no tenía nada asignado para la mañana, de modo que decidí ir, y me tocó el gordo. Vosotros os habríais pasado la mañana en la cama. Eso es lo que quiero decir cuando hablo de energía. Hay que estar despierto y de pie para recibir los golpes de suerte que da la vida. ¿Por dónde iba? Ah, sí.

Alguien me dijo que el transatlántico francés *Lorena* iba a amarrar en el muelle Cuarenta y dos, y en él viajaba esta cantante francesa de la que yo no había oído hablar, pero que es muy importante en el mundo de la lírica. La señora Christine de Chagny. No he ido a la ópera en mi vida; sin embargo, pensé, ¿y qué? Es una gran estrella, no concede entrevistas, pero iré a echar un vistazo.

Además, la última vez que le eché una mano a un franchute estuve a punto de conseguir una primicia, y lo habría hecho si no hubiese sido porque nuestro redactor de noticias locales es un zoquete. ¿Os lo conté? El extraño incidente en la torre E. M. Bien, escuchad, esto es más extraño aún. ¿Mentiría yo? ¿Es musulmán el muftí?

Bajé al muelle poco después de las nueve. El *Lorena* se estaba acercando de popa. Con calma, estos amarres son más largos que un día sin pan. Enseño mi pase a la poli y entro en el recinto reservado a la prensa. He hecho bien en venir. Va a ser una recepción cívica por todo lo alto: el alcalde McClellan, los capitostes de la ciudad, no falta nadie. Sé que el corresponsal marítimo, al que veo al cabo de un rato asomado a una ventana, por encima de nosotros, cubrirá todo el festejo.

Bien, suenan los himnos y la dama francesa baja al muelle, saluda a la multitud y enamora a todo el mundo. Después, los discursos, primero el alcalde, después la diva, y por fin ésta baja del estrado y se dirige hacia su carruaje. Grave problema. Resulta que hay un gran charco de nieve y barro entre ella y la berlina, y la alfombra roja se ha terminado.

Tendríais que haberlo visto. El cochero tiene la portezuela abierta, tanto como el alcalde la boca. McClellan y el magnate Oscar Hammerstein, que flanquean a la cantante francesa, no saben qué hacer.

En este momento, sucede una cosa extraña. Siento un codazo y un empujón por detrás, y alguien tira algo sobre mi brazo, que tengo apoyado sobre la barrera. La persona desaparece en un abrir y cerrar de ojos. No llego a verla, pero lo que cuelga de mi brazo es una vieja capa mohosa y raída, y no es el tipo de prenda que se lleva a esas horas de la mañana. Entonces, recordé que de niño me habían regalado un libro titulado *Héroes de todas las edades*, con ilustraciones. Y había una de un tipo llamado Raleigh. Supongo que le llamaron así por la capital de Carolina del Norte. Como quiera que sea, en una ocasión se quitó la capa y la arrojó sobre un charco para que la reina Isabel de Inglaterra pudiera pasar, y nunca volvió la vista atrás.

Así que pienso, si fue bueno para el señor Raleigh, también puede serlo para el hijo de la señora Bloom, de modo que salto por encima de la cerca que rodea la zona de prensa y tiro la capa encima del charco, delante de la señora vizcondesa. Os aseguro que le encantó. Caminó por encima de ella y entró en el coche. Recogí la capa mojada y vi que ella me sonreía por la ventanilla abierta. Pensé, no hay nada que perder, y me acerqué a la ventanilla.

—Mi señora —dije, porque así es como hay que hablar a esa gente—. Todo el mundo me asegura que es imposible conseguir una entrevista personal con usted. ¿Es eso cierto?

Lo que hace falta en este deporte, muchachos, es aptitud, encanto... y, oh, buen aspecto, por supuesto. ¿Qué queréis decir, que para ser judío no estoy mal? Soy irresistible. Bien, esta señora, que es muy guapa, me mira con una media sonrisa, mientras Hammerstein gruñe a mis espaldas.

—Esta noche, en mi suite, a las siete —susurra ella entonces, y sube la ventanilla. Y así es como conseguí la primera entrevista en exclusiva de la diva en Nueva York.

¿Que si fui? Pues claro que fui. Pero esperad, aún hay más. El alcalde me indica que deje la limpieza de la capa a su cargo, que de ella se encargará la mujer que hace todo el trabajo en la mansión Gracie, y yo vuelvo al *American* muy contento. Allí me encuentro con Bernie Smith, nuestro reportero marítimo, ¿y a que no adivináis lo que me dice? Cuando la dama francesa estaba dando las gracias a McClellan por su bienvenida, Bernie miró hacia los almacenes que había al otro lado, ¿y qué vio? A un hombre de pie, solo, como una especie de ángel vengador. Antes de que pueda continuar, le digo a Bernie:

—Llevaba una capa oscura subida hasta la barbilla, un sombrero de ala ancha, y entre los dos, una especie de máscara que cubría casi toda su cara, ¿verdad?

Bernie se queda boquiabierto y pregunta:

—¿Cómo demonios lo has sabido?

Ahora ya sé que no estaba alucinando en la torre E. M. Hay una especie de fantasma en la ciudad que no deja ver su cara a nadie. Quiero saber quién es, qué hace y por qué está tan interesado en una cantante de ópera francesa. Un día, voy a descubrir toda esa historia. Oh, gracias, Harry, muy agradecido, salud. ¿Por dónde iba? Ah, sí, mi entrevista con la diva de la Ópera de París.

A las siete menos diez entro con mi mejor traje en el Waldorf-Astoria, como si fuera el dueño del hotel. Desde Peacock Alley hasta el mostrador de recepción principal, mientras las damas de la alta sociedad van y vienen para ver y ser vistas. Majestuoso. El hombre de la recepción me mira de arriba abajo, como invitándome a volver a entrar por la puerta de servicio.

—¿Sí? —pregunta.

—La suite de la vizcondesa de Chagny, por favor —contesto.

—La señora no recibe —dice el de uniforme.

—Avísele que el señor Charles Bloom, con una capa diferente, está aquí —digo.

Diez segundos al teléfono, y está haciendo reverencias e insiste en acompañarme personalmente. Resulta que hay un botones en el vestíbulo con un gran paquete atado con una cinta. Subimos juntos al piso diez. Evidentemente, nuestro destino es el mismo.

¿Habéis estado alguna vez en el Waldorf-Astoria, muchachos? Bien, es diferente. Abre la puerta otra francesa, la doncella personal. Simpática, bonita, aunque lisiada de una pierna. Me deja entrar, coge el paquete y me conduce al salón principal. Allí se podría jugar al béisbol, os lo aseguro. Enorme. Dorados, tapices, cortinajes, como un palacio.

—La señora se está vistiendo para la cena. Estará con usted enseguida —dice la criada—. Tenga la bondad de esperar aquí.

Me siento en una silla junto a la pared.

No hay nadie más en la sala, excepto un muchacho, que cabecea, sonríe y dice «*Bonsoir*», así que yo le sonrío a mi vez y digo «Hola». Sigue leyendo mientras la criada, cuyo nombre parece ser Meg, lee la tarjeta del regalo. Después, dice, «Oh, es para ti, Pierre», y es entonces cuando reconozco al chaval. Es el hijo de la señora, le había visto antes en el muelle, acompañado de un cura. Coge el regalo, empieza a desenvolverlo, y Meg pasa por la puerta abierta al dormitorio. Oigo a las dos reír dentro, y hablar en francés, así que paseo la vista por el salón.

Flores por todas partes. Ramos del alcalde, de Hammerstein, de la junta directiva del teatro de la Ópera y de montones de aficionados. El muchacho rompe la cinta y el papel, y deja al descubierto una caja. La abre y saca un juguete. No tengo nada mejor que hacer, de modo que miro. Es un regalo extraño para un chico de casi trece años. Si fuera un guante de béisbol, lo entendería, pero ¿un mono de juguete?

Y un mono muy raro, por cierto. Está sentado en una silla, con los brazos extendidos, y en cada mano sostiene un platillo. Entonces, lo comprendo: es un muñeco mecánico, con una llave para dar cuerda detrás. Además, resulta que es una especie de caja de música, porque el chaval le da cuerda y el mono se pone a tocar. Los brazos se mueven atrás y adelante, como si estuviera tocando los platillos, mientras de su interior surge una melodía con sonidos de hojalata. La reconozco de inmediato; es *Yankee Doodle Dandy.*

Ahora el chico empieza a interesarse, levanta el mono y lo mira desde todos los ángulos, tratando de comprender cómo funciona. Cuando la cuerda se acaba, vuelve a hacer girar la llave y la música empieza de nuevo. Al cabo de un rato, comienza a explorar la espalda del muñeco, despega un trozo de tela y deja al descubierto una especie de panel. Después, se acerca a mí, muy educado, y me pregunta en inglés.

—¿Tiene una navaja, señor?

Claro que sí. En nuestra profesión hay que tener los lápices siempre afilados. Le presto mi navaja. En lugar de despanzurrar el juguete, utiliza la navaja como un destornillador, para quitar cuatro diminutos tornillos de la espalda. Ahora, examina el mecanismo interno. A mí me parece una forma excelente de romper el juguete, pero este chaval es muy listo y sólo quiere averiguar cómo funciona. Yo no sé ni cómo funciona un abrelatas...

—Muy interesante —comenta, y me muestra el interior, que parece un caos de ruedecillas, varillas, campanillas, muelles y cuadrantes—. Al hacer girar la llave se tensa un resorte espiral como el de un reloj, pero mucho más grande y fuerte.

—Vaya —digo, con el deseo de que cierre el mono y vuelva a tocar *Yankee Doodle* hasta que su mamá esté lista. Pero no.

—La potencia del resorte liberado se transmite mediante un sistema de engranajes de varillas a un soporte giratorio que hay en la base —añade—. Sobre el soporte hay un disco con varias protuberancias pequeñas sobre la superficie de arriba.

—Eso es fantástico —señalo—. ¿Por qué no lo montas otra vez?

Pero él sigue adelante, con el entrecejo fruncido, absorto en sus pensamientos, mientras va descifrando el funcionamiento del dichoso chisme. Este chaval debe de ser capaz de comprender cómo funciona el motor de un coche.

—Cuando el disco gira —me explica—, cada protuberancia da un empujoncito a una varilla vertical pretensada, que entonces se libera, vuelve a su sitio y golpea una de esas campanillas. Todas las campanillas tienen un tono diferente, de modo que activadas en la secuencia correcta producen música. ¿Ha visto alguna vez campanas musicales, señor?

—Sí, las he visto —contesto—. Dos o tres tíos se ponen en fila detrás de un caballete que lleva varias campanas. Eligen una, la hacen sonar y la sujetan. Si consiguen la secuencia correcta, interpretan música.

—Es la misma teoría —observa Pierre.

—Bien, eso es estupendo —digo yo—. ¿Por qué no vuelves a montarlo?

Pero no, quiere investigar un poco más. Al cabo de unos segundos ha extraído el disco y lo levanta. Es del tamaño de un dólar de plata, con la superficie cubierta de pequeñas protuberancias. Le da la vuelta. Más protuberancias.

—Debe de tocar dos melodías —dice—, una por cada lado del disco.

Ahora, ya estoy convencido de que el mono no volverá a tocar nunca más.

Sin embargo, el chaval pone el disco en su sitio, por la otra cara, hurga con la hoja de la navaja para comprobar que todas las piezas necesarias para que suene música están en contacto, y cierra el juguete. Después, le da cuerda de nuevo, lo deja sobre la mesa y retrocede. El mono se pone a agitar los brazos y la música vuelve a sonar. Esta vez se trata de una pieza que no conozco. Pero alguien sí.

Se oye un grito procedente del dormitorio y, de pronto, la cantante aparece en la puerta, con una bata de encaje, el cabello suelto sobre la espalda, con un aspecto impresionante, salvo por la expresión de su cara, como si acabara de ver a un fantasma muy grande y aterrador. Clava la vista en el mono, que continúa tocando, cruza a toda prisa el salón, abraza al chico y lo apretuja contra ella como si estuvieran a punto de raptarlo.

—¿Qué es eso? —pregunta casi sin aliento, y salta a la vista que está muy asustada.

—Un mono de juguete, señora —respondo, con la intención de ser útil.

—*Masquerade* —susurra ella—. Hace trece años... Él debe de estar aquí.

—Sólo estoy yo, señora, y no he sido quien lo ha traído. El regalo llegó dentro de una caja, envuelta como para regalo. El botones la subió.

Meg, la criada, asiente con vehemencia para confirmar mis palabras.

—¿De dónde viene? —pregunta la señora.

Cojo el mono, que ha enmudecido de nuevo, y lo examino. Nada. Pruebo con el papel de envolver. Nada. Examino la caja de cartón y, pegada en la parte de debajo, descubro una hoja de papel, en la que pone: «Juguetes S. C., C. I.» Entonces, un recuerdo se abre paso en mi mente. El verano del año anterior salía con una chica muy bonita, que trabajaba de camarera en el Lombardi's de Spring Street. Un día la llevé a Coney Island para pasar todo el día. De entre los varios parques de atracciones escogimos el Steeplechase. Recuerdo que había una tienda de juguetes mecánicos de todas clases. Soldados que desfilaban, tamborileros que tocaban el tambor, bailarinas de ballet que giran sobre plataformas, lo que se os ocurra. Si podía fabricarse con mecanismos de relojería y muelles, ellos lo tenían.

Le expliqué a la señora mi teoría. «S. C.» era por Steeplechase, y «C. I.», casi con seguridad, por Coney Island. Pareció reflexionar en mis palabras.

—Estas... atracciones, como usted las llama, ¿incluyen ilusiones ópticas, trucos, trampillas, pasadizos secretos, cosas mecánicas que parecen funcionar por sí solas?

Asentí.

—De eso van las atracciones de Coney Island, señora —respondí.

Entonces, se mostró muy agitada.

—Monsieur Bloom, debo ir allí —dijo—. He de ver esa juguetería en el Steeplechase Park.

Le explico que existe un gran problema. Coney Island es un centro de turismo veraniego, y nos encontramos a principios de diciembre, lo que significa que está cerrado a cal y canto. Sólo trabajan los empleados de mantenimiento, reparaciones, limpieza, pintura y barnizado. No permanece abierto al público. Pero a esas alturas la dama está a punto de llorar, y detesto ver a una mujer apenada.

De modo que llamo a un colega de la sección comercial del *American* y le pillo justo antes de que se vaya a casa. ¿Quién es el propietario del Steeplechase? Un tipo llamado George Tilyou, junto con un socio comercial muy discreto y secreto. Sí, se está haciendo viejo y ya no vive en la isla, sino en una mansión de Brooklyn. Pero aún es el propietario del Steeplechase, y lo ha sido desde su inauguración, hace nueve años. ¿Tiene teléfono, por casualidad? Pues da la casualidad de que sí. Consigo el número y llamo. Tarda un rato, pero al final hablo con el señor Tilyou en persona. Le explico todo, insinúo lo importante que sería para el alcalde McClellan que Nueva York ofreciera toda su hospitalidad a la señora de Chagny... Bien, ya sabéis, una perorata al viejo estilo. De todos modos, dice que volverá a llamar.

Esperamos. Al cabo de una hora, llama. Su actitud es ahora diferente por completo, como si hubiera consultado con alguien. Sí, se encargará de que abran las puertas para una visita privada. Habrá dependientes en la juguetería y el maestro de ceremonias del parque estará disponible en todo momento. No será posible a la mañana siguiente, sino a la otra.

Bien, eso significa mañana, ¿verdad? De modo que voy a escoltar personalmente a la señora de Chagny hasta Coney Island. De hecho, yo diría que ahora soy su guía particular en Nueva York. Y no, amigos, es inútil que hagáis acto de presencia, porque sólo entraremos ella, yo y su grupo. Gracias a una capa sucia, consigo primicia tras primicia. ¿No os había dicho que éste es el mejor trabajo del mundo?

Sólo hubo un problema: mi entrevista en exclusiva, motivo por el que me había llegado hasta el hotel. ¿La conseguí? No. La cantante estaba tan angustiada que volvió corriendo a su dormitorio y se negó a salir de nuevo. Meg, la criada, me dio las gracias por arreglar el desplazamiento hasta Coney Island, pero añadió que la *prima donna* estaba demasiado cansada para continuar. Tuve que marcharme. Decepcionante, pero da igual. Conseguiré mi exclusiva mañana. Y sí, puedes traerme otra pinta de ese brebaje rubio.

10

EL JÚBILO
DE ERIK MUHLHEIM

Azotea de la torre E.M., Park Row, Manhattan,
29 de noviembre de 1906

La he visto. Al cabo de tantos años he vuelto a verla, y mi corazón ha estado a punto de estallar. Me subí a lo alto del almacén, cerca del muelle, y la vi en el puerto. Hasta que percibí el destello de la luz sobre la lente de un telescopio y tuve que huir.

Me mezclé entre la multitud que aguardaba y, por suerte, hacía tanto frío que nadie reparó en un hombre que llevaba la cara tapada con una bufanda de lana. Así logré acercarme a la berlina, ver su rostro adorado a escasos metros de distancia y deslizar mi vieja capa en las manos de un periodista imbécil que sólo pensaba en su entrevista.

Estaba tan hermosa como siempre. La cintura de avispa, la cascada de pelo contenida bajo su gorro cosaco, el rostro y la sonrisa capaces de derretir un bloque de hielo.

¿Obré bien? ¿Obré bien al volver a abrir las viejas heridas, al obligarme a sangrar otra vez, como en aquel sótano, hace doce largos años? ¿He sido imprudente al traerla aquí, cuando estos últimos años casi habían curado el dolor?

La amé entonces, en aquella espantosa época en París, más que a la vida misma. El primero, el último y el único amor que he conocido y conoceré jamás. Cuando ella me rechazó en aquel sótano por su joven vizconde, estuve a punto de matarlos a los dos. La rabia se apoderó de mí, aquella ira que siempre ha sido mi única compañía, el amigo verdadero que nunca me ha decepcionado, aquella furia contra Dios y todos los ángeles, por no haberme concedido un rostro humano como a los demás, como a Raoul de Chagny. Un rostro para sonreír y complacer. En cambio, me dio esta máscara horrorosa que me condena eternamente al aislamiento y el rechazo.

Y no obstante, pensé, pobre y estúpido desgraciado, que ella podría quererme un poco, después de lo sucedido entre nosotros en aquella hora de locura, mientras las turbas vengativas bajaban a lincharme.

Cuando conocí mi destino, les dejé vivir, y de buen grado. Pero ¿por qué he hecho esto ahora? Sólo puede depararme más dolor y rechazo, asco, desprecio y repugnancia. Es la carta, por supuesto.

Oh, señora Giry, ¿qué debo pensar de ti ahora? Fuiste la única persona que me trató con bondad, la única que no escupió sobre mí o huyó aterrorizada ante la contemplación de mi cara. ¿Por qué esperaste tanto? ¿Debo agradecerte que en las horas postreras me hayas enviado la noticia que cambiará mi vida de nuevo, o culparte por ocultármelo durante los últimos doce años? Podría estar muerto, y nunca me habría enterado. Pero no lo estoy, y ahora lo sé. Por eso asumo este riesgo demencial.

Para traerla aquí, para verla otra vez, para sufrir otra vez, para pedir otra vez, para suplicar otra vez... ¿y ser nuevamente rechazado? Lo más probable. Y sin embargo, y sin embargo...

La tengo aquí, memorizada palabra por palabra. Leída

y releída presa de la mayor incredulidad, hasta que el sudor de los dedos ha manchado las páginas y las manos temblorosas las han arrugado. Fechada en París, a finales de septiembre, justo antes de que murieras...

Mi querido Erik:

Cuando recibas esta carta, si es que alguna vez llega a tus manos, ya me habré ido del mundo a otro lugar. Dudé mucho antes de decidirme a escribir estas líneas, y sólo lo hice porque pensé que tú, que has conocido tanta desdicha, deberías conocer la verdad al fin, y que no podría ir al encuentro de mi Creador sabiendo que, a la postre, te había engañado.

Ignoro si la noticia aquí contenida te aportará alegría o sólo desdicha; no obstante, ésta es la verdad de unos acontecimientos muy cercanos a ti, pero de los cuales no podías saber nada, ni entonces ni ahora. Sólo yo, Christine de Chagny y mi marido Raoul estamos al corriente de la verdad, y debo rogarte que la administres con bondad y prudencia...

Tres años después de que encontrara a un pobre desgraciado de dieciséis años encadenado en una jaula, en Neuilly, conocí al segundo de aquellos jóvenes a los que, más tarde, llegué a llamar mis hijos. Fue por accidente, un trágico y espantoso accidente.

Sucedió una noche de invierno de 1885. La representación ya había terminado, las chicas se habían retirado a sus casas, el enorme edificio había cerrado sus puertas y yo caminaba sola por las calles oscuras en dirección a mi apartamento. Me interné por un atajo, estrecho, adoquinado y negro. Sin que yo lo supiera, había otras personas en aquella callejuela. Más adelante, una criada, que había finalizado sus tareas a una hora avanzada en una casa cercana, trotaba atemorizada hacia el brillante boulevard que se abría unos metros más allá. En un portal, un joven de apenas dieciséis años, como averigüé más tarde, estaba despidiéndose de unos amigos con quienes había pasado la velada.

De las sombras surgió un rufián, un asaltante de los que suelen merodear por las callejas apartadas para robar la cartera a los viandantes desprevenidos. Jamás sabré por qué eligió a aquella criadita. No debía de llevar más de cinco *sous* encima. Vi que el rufián salía de las sombras y la agarraba con fuerza por el cuello para impedir que chillara, mientras intentaba arrebatarle el bolso. «Déjala en paz, bruto —grité—. *Au secours.*»

El ruido de botas masculinas pasó por mi lado, distinguí un uniforme y a un joven que se había arrojado sobre el asaltante. Ambos rodaron por el suelo. La *midinette* gritó y corrió hacia las luces del boulevard como alma que lleva el diablo. Nunca volví a verla. El carterista se soltó del joven oficial, se puso en pie y huyó. El oficial le persiguió. Entonces, vi que el rufián se volvía, sacaba algo del bolsillo y apuntaba con él a su perseguidor. Se produjo un estallido y un destello cuando disparó. Después, desapareció por una arcada en los patios que había detrás.

Corrí hacia el hombre caído y comprobé que era poco más que un niño, con el uniforme de cadete de la École Militaire. Su rostro hermoso estaba blanco como el mármol, y sangraba profusamente de una herida de bala en el bajo vientre. Desgarré mi enagua para detener la hemorragia y grité, hasta que alguien miró desde arriba y preguntó qué pasaba. Le rogué que corriera al boulevard y parara un taxi con urgencia; así lo hizo, sin cambiarse el camisón siquiera.

El hospital general estaba muy lejos, pero no así el hospital Saint-Lazare, de modo que fuimos a éste. Había un médico joven de guardia, pero cuando vio la herida y conoció la identidad del cadete, hijo de una muy noble familia de Normandía, envió a un portero a toda prisa en busca de un eminente cirujano que vivía cerca. Ya no podía hacer más por el muchacho, de forma que volví a casa.

Pero recé para que viviera, y por la mañana, como era domingo y no iba a trabajar al teatro de la Ópera, me dejé caer por el hospital. Las autoridades ya habían dado aviso a la familia del muchacho, y cuando vio que me acercaba, el cirujano, que estaba de guardia, debió de confundirme con la madre del cadete cuando pregunté por él mencionando su nombre. Con expresión grave, el médico me pidió que le acompañara a su despacho particular. Allí, me informó de la horrible noticia.

El paciente viviría, dijo, pero el daño causado por la bala y su extracción había sido terrible. Vasos sanguíneos fundamentales de la ingle y del bajo vientre habían quedado destrozados sin remedio. No había tenido más elección que suturarlos. Yo seguía sin comprender, pero después entendí a qué se refería, y le interrogué sin rodeos. El hombre asintió con solemnidad.

—Estoy desolado —dijo—. Una vida tan joven, un chico tan guapo, y ahora sólo es medio hombre. Temo que nunca podrá tener hijos.

—¿Se refiere a que la bala le ha castrado? —pregunté.

El médico negó con la cabeza.

—Hasta eso habría sido misericordioso, porque no habría experimentado deseos hacia ninguna mujer. No; sentirá toda la pasión, el amor, el deseo que siente cualquier hombre joven, pero la destrucción de esos vasos sanguíneos vitales significa que...

—Ya no soy una niña, *monsieur le docteur* —dije, con la esperanza de ahorrarle aquel sofoco, pero sabía muy bien lo que se avecinaba.

—Señora, debo decirle que jamás podrá consumar ninguna unión con una mujer, y así engendrar un hijo.

—¿Nunca podrá casarse? —pregunté.

El cirujano se encogió de hombros.

—La mujer que aceptara esa unión, sin la menor dimensión física, sería una santa o tendría poderosos motivos para hacerlo —dijo—. Lo siento muchísimo. Si no hubiese obrado del modo en que lo hice, la hemorragia habría acabado con su vida.

Yo apenas podía contener las lágrimas. Se me antojaba imposible que un monstruo tan repugnante pudiera infligir una herida tan atroz a un muchacho en la flor de la vida. De todos modos, fui a verle. Estaba pálido y débil, pero despierto. No le habían dicho nada. Me dio las gracias por ayudarle en el callejón, e insistió en que yo le había salvado la vida. Cuando me enteré de que su familia estaba a punto de llegar en tren procedente de Rouen, me marché.

Pensé que nunca más volvería a ver a mi joven aristócrata, pero me equivoqué. Ocho años después, hermoso como un dios griego, empezó a frecuentar el teatro de la Ópera noche tras noche, con la esperanza de intercambiar unas palabras y una sonrisa con cierta joven actriz suplente. Más tarde, cuando la encontró embarazada, como era un hombre bueno y decente, le dio su nombre, su título y una alianza. Y durante doce años ha dado al hijo todo el amor que un padre real podría brindarle.

Aquí tienes la verdad, mi pobre Erik. Trata de ser generoso y bondadoso.

Un beso postrero de alguien que intentó ayudarte en tu dolor,

ANTOINETTE GIRY

La veré mañana. Ahora ya ha de saberlo. El mensaje enviado al hotel era muy claro. El lugar de mi elección, por supuesto. La hora de mi elección. ¿Aún seguirá temiéndome? Supongo que sí. Sin embargo, ignora que ella también me produce miedo, pues tiene el poder de negarme una vez más la ínfima medida de felicidad que todos los hombres pueden esperar.

No obstante, aunque vaya a ser rechazado una vez más, todo ha cambiado. Puedo mirar desde este nido de águilas las cabezas de los miembros de la raza humana, a la que tanto detesto, pero ahora estoy en situación de decir: podéis escupirme, insultarme, escarnecerme, denostarme, pero nada de lo que hagáis me herirá. Pese a la suciedad y a la lluvia, pese a las lágrimas y el dolor, mi vida no ha sido en vano. TENGO UN HIJO.

11

EL DIARIO PERSONAL DE MEG GIRY

Hotel Waldorf-Astoria, Manhattan,
29 de noviembre de 1906

Querido diario, por fin puedo sentarme en paz y confiarte mis pensamientos y preocupaciones ocultos, porque es plena madrugada y todo el mundo está entregado al sueño.

Pierre duerme como un tronco, tranquilo como un corderito, porque entré a verle hace diez minutos. Oigo roncar al padre Joe en su cama, al lado de donde estoy escribiendo; ni siquiera las gruesas paredes de este hotel son capaces de contener sus ronquidos de campesino. Y la señora se ha dormido por fin, con la ayuda de una píldora. En doce años nunca la había visto tan nerviosa.

Y todo por culpa de ese mono de juguete que un admirador anónimo le envió a Pierre. Había un periodista con nosotras, muy amable y servicial (y que flirteaba conmigo lanzándome miraditas), pero no fue eso lo que trastornó a la señora, sino el mono mecánico.

Cuando le oyó tocar la segunda canción, cuyas notas se introdujeron en el tocador por la puerta abierta, mientras le estaba cepillando el cabello, se puso como loca. Insistió en averiguar cuál era el origen de ese juguete, y cuando el señor Bloom, el periodista, consiguió localizar el lugar y concertar una visita, ella insistió en que debía ir sola. Tuve que pedir al joven que se marchara, y acosté a Pierre a pesar de sus protestas.

Después, la encontré sentada ante su tocador, con la vista fija en el espejo, pero sin haber terminado de acicalarse, de modo que también cancelé la cena en el restaurante con el señor Hammerstein.

Sólo cuando estuvimos solas me atreví a preguntarle qué ocurría, por qué este viaje a Nueva York, que había empezado tan bien, con la estupenda recepción en el puerto, se había convertido en algo sombrío y siniestro.

Yo también había reconocido al extraño mono de juguete y la melodía embrujadora que tocaba, y me trajo una oleada de recuerdos aterradores. Trece años... Era lo que no paraba de repetir mientras hablábamos, y lo cierto es que han transcurrido trece años desde aquellos extraños acontecimientos que culminaron en el terrible descenso al sótano más profundo y oscuro de la Ópera de París. Aunque yo estaba presente aquella noche, y he intentado interrogar en alguna ocasión a la señora al respecto, siempre ha guardado silencio, de modo que jamás he logrado averiguar los detalles de su relación con la figura aterradora a que las coristas llamábamos el fantasma.

Hasta esta noche, que me ha contado más cosas. Hace trece años se vio implicada en un tremendo escándalo ocurrido en la Ópera de París, cuando fue secuestrada en el mismísimo centro del escenario durante la representación de una nueva ópera, *Don Juan triunfante*, que desde entonces no ha vuelto a ponerse en escena.

Yo integraba aquella noche el cuerpo de ballet, si bien no me encontraba en el escenario cuando las luces se apagaron y ella desapareció. Su raptor la llevó a los sótanos más profundos de la Ópera, donde más tarde fue rescatada por los gendarmes y el resto del reparto, encabezados por el *commissaire de police*, que se encontraba entre el público.

Yo iba con ellos, y temblaba de miedo mientras descendíamos con antorchas encendidas, sótano tras sótano hasta llegar a la última catacumba, junto al lago subterráneo. Esperábamos encontrar por fin al temido fantasma, pero lo único que hallamos los gendarmes y nosotros fue a la señora, sola y temblando como una hoja, y más tarde a Raoul de Chagny, que, tras adelantársenos, había visto al fantasma cara a cara.

Vimos una butaca cubierta con una capa, y pensamos que tal vez el monstruo estaría escondido debajo. Pero no. Sólo había un mono de juguete, con unos platillos y una caja de música dentro. La policía lo requisó como prueba y nunca volví a ver uno igual, hasta esta noche.

Era la época en que el joven vizconde Raoul de Chagny cortejaba a la señora, y todas las chicas la envidiaban. De no haber sido por su bondad natural, se habría granjeado la hostilidad de todas por su belleza, su súbito salto al estrellato, y por haber conquistado al soltero más codiciado de París. Pero nadie la odiaba. Todos la queríamos y nos alegramos mucho de que nos fuera devuelta. No obstante, si bien intimamos con los años, jamás me habló de lo que sucedió durante aquellas horas que permaneció desaparecida, y su única explicación era que «Raoul me rescató». ¿Cuál era el significado del mono de juguete?

Sabía que esta noche no debía hacerle preguntas directas, de modo que puse orden en la habitación y le llevé un poco de comida, pero se negó a probar bocado. Cuando la había convencido de que tomara su somnífero, empezó a amodorrarse y dejó escapar por primera vez algunos detalles sobre aquellos extraños acontecimientos.

Me dijo que existía otro hombre, un ser extraño y escurridizo que la aterraba, fascinaba, adoraba y ayudaba, pero cuyo amor obsesivo no podía corresponder. Aún siendo una corista, yo había oído rumores sobre un fantasma que habitaba en los sótanos más profundos de la Ópera y poseía poderes asombrosos, pues era capaz de ir y venir sin ser visto, así como de imponer su voluntad a la administración mediante amenazas de desquitarse si no le obedecían. El hombre y su leyenda nos asustaban a todas, pero nunca supe que amaba a mi actual patrona de tal manera.

Pregunté sobre el mono que tocaba la melodía embrujadora. Dijo que sólo había visto en una ocasión un juguete semejante, y estoy segura de que debió de ser durante aquellas horas en los sótanos con el monstruo; era el mismo que yo había descubierto en la butaca vacía.

Mientras el sueño se iba apoderando de ella, no paraba de repetir que *él* debía de haber vuelto. Estaba vivo y muy cerca, se movía entre bambalinas, como siempre, era un genio terrorífico, tan espantosamente feo como apuesto era su Raoul. Ella lo había rechazado y ahora la había convencido con añagazas de que fuera a Nueva York para acosarla de nuevo.

Haré todo cuanto esté en mi mano por protegerla, porque es mi amiga y mi jefa al mismo tiempo, y es buena y amable. Pero ahora estoy asustada, porque hay algo o alguien ahí fuera, y tengo miedo por todos nosotros: por mí, por el padre Joe, por Pierre y, sobre todo, por ella, por la señora.

Lo último que me dijo antes de que el sueño la venciera fue que, por el bien de Pierre y Raoul, debía encontrar fuerzas para rechazarle de nuevo, porque está convencida de que no tardará en aparecer con la intención de redoblar sus exigencias. Rezo para que posea esa fuerza, y rezo para que estos próximos diez días pasen como una exhalación, para que todos regresemos a la seguridad de París, lejos de esta ciudad de monos que tocan melodías olvidadas hace mucho tiempo y de la presencia invisible del fantasma.

12

EL DIARIO DE TAFFY JONES

Steeplechase Park, Coney Island,
1 de diciembre de 1906

El mío es un trabajo raro, y algunos dirán que indigno de un hombre medianamente inteligente y ambicioso. Por este motivo, he sentido a menudo la tentación de dejarlo y dedicarme a otra cosa. Sin embargo, no me he decidido a hacerlo en ningún momento de los nueve años que llevo empleado en el Steeplechase Park.

En parte, es porque este empleo ofrece seguridad para mí y mi familia; los ingresos son excelentes y las condiciones de alojamiento muy confortables. Además, me ha llegado a gustar. Disfruto con las risas de los niños y la satisfacción de sus padres. Me complazco en la felicidad de aquellos que me rodean durante los meses de verano, y en el contraste de la estación invernal, tranquila y plácida.

En lo referente a mis condiciones de alojamiento, no podrían ser más confortables para un hombre de mi posición. Mi primera vivienda es una cómoda casita situada en la respetable comunidad de clase media de Brighton Beach, que dista menos de dos kilómetros de mi centro de trabajo. Por añadidura, poseo una pequeña cabaña en el corazón del parque de atracciones, a la cual puedo retirarme a descansar de vez en cuando, incluso en temporada alta. En cuanto a mi salario, es generoso. Desde que hace tres años negocié una remuneración basada en un ínfimo porcentaje del dinero que se paga al entrar, he podido llevar a casa más de cien dólares a la semana.

Como soy un hombre de gustos modestos y poco propenso a la bebida, he sido capaz de ahorrar una buena parte de mis ingresos, de modo que algún día, dentro de no muchos años, podré retirarme de todo esto, cuando ya mis cinco hijos campen a sus anchas por este mundo. Entonces, cogeré a mi Blodwyn y encontraremos una pequeña granja, tal vez junto a un río o un lago, o incluso a la orilla del mar, donde podré pescar o trabajar la tierra, según se me antoje, e iré a la capilla el sábado y seré un firme pilar de la sociedad local. Por eso me quedo y hago mi trabajo, que casi todo el mundo alaba.

Porque yo soy el maestro de ceremonias oficial del Steeplechase Park. Lo cual significa que, con mis zapatos extralargos, mis abombados pantalones a cuadros, mi chaleco con las barras y estrellas y mi alto sombrero de copa, me sitúo a la entrada del parque y doy la bienvenida a todos los visitantes. No sólo eso, sino que por mor de mis pobladas patillas, mi gran mostacho y una sonrisa la mar de simpática en la cara, atraigo a muchos que, de lo contrario, pasarían de largo.

Utilizo mi megáfono y grito sin cesar: «Pasen y vean, entren a divertirse, a disfrutar de emociones sin cuento, de cosas extrañas y maravillosas, entren, amigos, y se lo pasarán en grande...», y así sucesivamente. Me paseo de un lado a otro de la puerta, saludo y recibo con alegría a las muchachas, vestidas con sus mejores galas veraniegas, y a los jóvenes que intentan impresionarlas con sus chaquetas a rayas y sus sombreros de paja, y a las familias y a sus hijos, ansiosos por visitar las numerosas y especiales diversiones que les aguardan, en cuanto hayan convencido a sus padres de que aflojen la pasta. Y la aflojan, dejan sus centavos y dólares en las taquillas, y de cada cincuenta centavos uno es mío.

Es un trabajo circunscrito a los veranos, por supuesto, desde abril a octubre, cuando llegan los primeros vientos procedentes del Atlántico y cerramos.

Entonces, cuelgo el atavío de maestro de ceremonias en el armario ropero y abandono el acento irlandés que tanto gusta a los visitantes, porque nací en Brooklyn y nunca he visto la tierra de mis padres y de mis abuelos. Entonces, voy a trabajar vestido de persona normal y superviso el programa de invierno, cuando todas las atracciones y casetas están desmanteladas y almacenadas, cuando se supervisa y lubrica la maquinaria, se sustituyen las piezas averiadas, se lija, pinta o barniza la madera, se vuelven a dorar los caballos de los tiovivos y se cosen las lonas rotas. Cuando llega abril, todo está listo para que las puertas se abran con los primeros días soleados y calurosos.

Es por eso por lo que recibí con cierto asombro, hace dos días, una carta del señor George Tilyou en persona, el caballero propietario del parque. Fue el hombre que tuvo la idea, junto con un socio de cuya existencia sólo se sabe por rumores y a quien nadie ha visto jamás, al menos por aquí. Fue gracias a la energía y la visión del señor Tilyou que todo esto nació hace nueve años, y desde entonces el parque le ha convertido en un hombre muy rico.

Un mensajero especial me entregó su carta, que era muy urgente. Explicaba que, al día siguiente, es decir, ayer, un grupo haría una visita privada y exclusiva al parque. Sabía que las atracciones y los tiovivos no podrían funcionar a tiempo, pero subrayaba que la juguetería debería estar abierta y atendida, así como la sala de los espejos. Esta carta me condujo hasta el día más extraño que he vivido en el Steeplechase Park.

Las instrucciones del señor Tilyou referentes a la juguetería y a la sala de los espejos me han puesto en un aprieto, porque todo el personal de esas secciones está de vacaciones y me ha sido imposible contactar con ellos.

Y tampoco es fácil sustituirles. Los juguetes mecánicos de la tienda, la especialidad del lugar, no sólo son los más sofisticados de Estados Unidos, sino que son muy complicados. Hace falta un verdadero experto para entenderlos y explicar su funcionamiento a los chavales que vienen a curiosear, investigar y comprar. Yo no soy ese experto, desde luego. Sólo podía confiar en que todo marchara sobre ruedas..., o eso pensaba.

Hace un frío espantoso en invierno, pero llevé estufas de queroseno para calentar la tienda la noche anterior a la visita, a fin de que por la mañana estuviera tan confortable como en un día de pleno verano. A continuación, quité las fundas de tela de los estantes, revelando así hileras de soldados, tamborileros, bailarines, acróbatas y animales que cantaban, bailaban y tocaban. Fue lo único que pude hacer. Ya eran las ocho de la mañana, y me puse a esperar al grupo. Entonces, ocurrió algo muy extraño.

Di media vuelta y descubrí que un joven me estaba mirando. No sé cómo entró, y cuando me disponía a decirle que la tienda estaba cerrada, se ofreció a asumir la responsabilidad de la juguetería. ¿Cómo sabía que llegaban visitantes? No lo dijo. Sólo explicó que había trabajado allí en una ocasión y que entendía la mecánica de todos los juguetes. Bien, como el responsable habitual no estaba a mano, no tuve otro remedio que aceptar. No se parecía en nada al encargado, siempre jovial y simpático con los niños. Tenía un rostro pálido como el hueso, pelo y ojos negros, y llevaba un abrigo negro. Le pregunté cómo se llamaba. Pensó un segundo y dijo: «Malta.» Así le llamé hasta que se fue, o mejor dicho, desapareció. Pero eso fue más tarde.

La sala de los espejos era otra cuestión. Es un lugar asombroso, y si bien, fuera de horas de trabajo, he estado allí, jamás he sido capaz de comprender cómo funciona. Quien la diseñó debió de ser una especie de genio. Todos los visitantes, después del recorrido ritual por las salas de espejos que no cesan de cambiar, han salido convencidos de haber visto cosas que no podían ver y de no haber visto cosas que estaban allí. No es una sala sólo de espejos, sino también de ilusión. Por si alguien, dentro de algunos años, lee este diario y alberga cierto interés por saber cómo era Coney Island, voy a intentar explicar en qué consiste la sala de los espejos.

Desde fuera parece un sencillo edificio cuadrado de poca altura, con una sola puerta para entrar y salir. Una vez en su interior, el visitante ve un pasillo que corre a izquierda y derecha. Da igual qué camino elija. Ambas paredes del pasillo están forradas de espejos, y el pasillo mide exactamente ciento veinte centímetros de anchura. Este dato es importante, porque la pared interior no es ininterrumpida, sino que está compuesta de paneles verticales de espejo que miden doscientos cuarenta centímetros de anchura y doscientos diez de alto. Cada panel está montado sobre un eje vertical, de modo que cuando se acciona uno mediante un mando oculto, la mitad bloquea por completo el pasillo, pero deja al descubierto un nuevo pasillo que conduce al corazón del edificio.

El visitante no tiene otra alternativa que seguir este nuevo pasillo, el cual, cuando los paneles giran por medio de un mando secreto, se convierte en más y más pasillos, pequeñas salas de espejos que aparecen y desaparecen. Y la cosa empeora. Porque más cerca del centro, muchos de los paneles de doscientos cuarenta centímetros de anchura no sólo giran alrededor de un eje, sino que descansan sobre discos de doscientos cuarenta centímetros de diámetro que también giran. Un visitante que estuviera parado sobre un disco semicircular, aunque invisible, dando la espalda a un espejo, podría descubrir que había girado noventa, ciento ochenta o doscientos setenta grados. Cree que él está quieto y que sólo los espejos giran, pero otras personas aparecen y desaparecen ante sus ojos, pequeñas salas surgen y desaparecen. Se dirige a un desconocido que se materializa delante de él, antes de caer en la cuenta de que está hablando a la imagen de alguien que hay detrás de él o a su lado.

Maridos y mujeres, novios y novias quedan separados en segundos, avanzan a duras penas para reunirse..., pero con alguien diferente. Gritos de miedo y carcajadas resuenan en la sala cuando una docena de parejas jóvenes han entrado juntas.

Todo esto lo controla el Hombre de los Espejos, el único que sabe cómo funciona. Se sienta en una cabina elevada sobre la puerta y, si alza la vista, ve un espejo en el techo, ladeado de forma que le permite dominar toda la planta, de manera que con la ayuda de una serie de palancas puede crear y destruir pasillos, salas e ilusiones. Mi problema consistía en que el señor Tilyou había insistido en que la ilustre visitante debía conocer, como fuera, la sala de los espejos, pero el Hombre de los Espejos estaba de vacaciones y no podía ponerme en contacto con él.

Tuve que procurar entender los controles para manipularlos y entretener a la dama, y con este propósito pasé la mitad de la noche dentro del edificio con una lámpara de parafina, probando y experimentando con las palancas hasta estar seguro de que era capaz de guiar a la buena señora durante una veloz visita, y mostrarle el camino de salida cuando pidiera a gritos que la sacasen de allí. Porque como todas las salas de espejos carecen de techo, las voces se oyen con mucha claridad.

Ayer, a las nueve de la mañana, después de tomar todas las medidas pertinentes, estaba esperando a los invitados del señor Tilyou. Llegaron poco antes de las diez. Apenas había tráfico en Surf Avenue, y cuando vi la elegante berlina que dejaba atrás las oficinas de Brooklyn Eagle, la entrada al Luna Park y al Dreamland, y avanzaba hacia mí por la avenida, supuse que debían de ser ellos, porque la berlina era el vehículo de colores a la moda que espera ante el hotel Manhattan Beach a los pasajeros que bajan del tren elevado del puente de Brooklyn, aunque en diciembre hay muy pocos.

Cuando se acercó y el cochero tiró de las riendas de los dos caballos, avancé megáfono en ristre.

—Bienvenidos, bienvenidos, damas y caballeros, al primer y mejor parque de atracciones de Coney Island, el Steeplechase —grité, y los caballos me miraron como si estuviera loco, vestido de aquella manera a finales de noviembre.

La primera persona en bajar del carruaje fue un joven que resultó ser un reportero del *New York American*, uno de esos periodicuchos de Hearst. Muy ufano, parecía el guía de Nueva York de la visitante. A continuación salió una dama hermosísima, una verdadera aristócrata (oh, sí, eso siempre se sabe), a quien el reportero presentó como la vizcondesa de Chagny y una de las mejores cantantes de ópera del mundo. No hacía falta que me lo dijera, porque, al ser un hombre de cierta educación, incluso autodidacta, leo el *New York Times*. Sólo entonces comprendí por qué el señor Tilyou deseaba satisfacer los caprichos de aquella dama. Puso un pie en la acera, resbaladiza a causa de la lluvia, apoyada en el brazo del reportero. Bajé el megáfono (no hacía falta utilizarlo), hice una reverencia y le di la bienvenida a mis dominios. Reaccionó con una sonrisa que hubiera fundido el corazón de piedra de Cader Idris y contestó, con un delicioso acento francés, que lamentaba haber interrumpido mi hibernación.

—Su seguro servidor, señora —contesté, para demostrar que, detrás de mi atavío de maestro de ceremonias, sabía cómo debía hablar a la gente como ella.

A continuación, apareció un muchacho de doce o trece años, un crío guapo, francés como su madre, pero que hablaba un inglés excelente. Aferraba un mono de juguete, y vi enseguida que éste debía de proceder de nuestra tienda, la única de Nueva York que los vende. Por un instante experimenté cierta preocupación. ¿Se había roto? ¿Habían venido a quejarse?

El origen del buen inglés del chico emergió por fin, en forma de robusto sacerdote irlandés, vestido con sotana y sombrero de ala ancha.

—Buenos días, señor maestro de ceremonias —dijo—. Y frías, para haberle sacado de la cama.

—Pero no lo suficiente para enfriar un buen corazón irlandés —apostillé para no quedarme atrás, porque como hombre que iba al templo no me relacionaba mucho con curas papistas. El hombre echó hacia atrás la cabeza y soltó una carcajada estentórea, de lo cual deduje que, al fin y al cabo, debía de ser un buen tipo. Fue así, de buen humor, que guié al grupo de cuatro a través de las puertas y en dirección a la juguetería, porque estaba claro que eso era lo que querían ver.

Gracias a las estufas hacía un calor muy agradable dentro, y el señor Malta estaba esperando para recibirles. El muchacho, cuyo nombre era Pierre, se quedó fascinado al instante por los numerosos estantes llenos de bailarinas, soldados, músicos, payasos y animales mecánicos, que constituyen la gloria de la juguetería del Steeplechase, y no se encuentran en ningún otro lugar de la ciudad ni, tal vez, del país. Corría por los pasillos y pedía que se los enseñaran todos. Pero su madre sólo estaba interesada en los monos que tocaban música.

Los encontramos en un estante de la parte posterior, y al instante pidió al señor Malta que les diera cuerda.

—¿A todos? —preguntó él.

—Uno tras otro —respondió la mujer con firmeza.

Así se hizo. Se dio cuerda a los monos, uno tras otro, y éstos empezaron a tocar sus platillos y a desgranar su canción, *Yankee Doodle Dandy*; siempre era la misma. Yo estaba perplejo. ¿Acaso quería cambiarla por otro? ¿No sonaban todos igual? Entonces hizo una seña a su hijo, que sacó una navaja, provista además de un destornillador. Malta y yo miramos estupefactos, mientras el chico levantaba un trozo de tela de la espalda del primer mono, abría un pequeño panel y metía la mano dentro. Sacó un disco del tamaño de un dólar, le dio la vuelta y volvió a colocarlo dentro del muñeco. Yo enarqué las cejas, y Malta me imitó. El mono se puso a tocar, esta vez música *dixie*. Por supuesto, una canción para el Norte y otra para el Sur.

Puso nuevamente el disco en su posición original y dio cuerda al segundo mono. El resultado fue el mismo. Al cabo de diez muñecos, su madre le indicó que parara. Malta empezó a colocar los juguetes en su sitio. Estaba claro que ni siquiera él sabía que había dos canciones dentro de los monos. La vizcondesa estaba muy pálida.

—Él ha estado aquí —dijo a nadie en particular. Después, dirigiéndose a mí, preguntó—: ¿Quién ha diseñado y fabricado estos monos mecánicos?

Me encogí de hombros para expresar mi ignorancia. Entonces Malta dijo:

—Todos son obra de una pequeña fábrica de Nueva Jersey, pero los hacen bajo licencia y diseños patentados. En cuanto a quién los diseñó, lo ignoro.

—¿Ha visto alguno de ustedes dos a un hombre extraño por aquí? —inquirió la dama—. Me refiero a un hombre con sombrero de ala ancha, que lleva la cara cubierta con una máscara.

Advertí que, a mi lado, el señor Malta se ponía tieso como un huso. Le miré, pero su rostro no expresaba la menor emoción. Negué con la cabeza y le expliqué que en los parques de atracciones había muchas máscaras: máscaras de payaso, máscaras de monstruo, máscaras de Halloween. Pero ¿un hombre que llevara siempre una máscara para cubrirse el rostro? No, nunca. Entonces la mujer suspiró, se encogió de hombros y paseó por los pasillos para echar un vistazo a los demás juguetes a la venta.

Malta llamó al muchacho y se lo llevó en dirección contraria, en teoría para enseñarle una vitrina de soldados mecánicos, pero yo empezaba a albergar mis dudas sobre aquel joven tan frío, de modo que les seguí, aunque a una distancia prudencial. Para mi sorpresa e irritación, mi inesperado y misterioso ayudante empezó a interrogar al niño, que contestó con toda inocencia.

—¿Para qué ha venido tu mamá a Nueva York? —preguntó Malta.

—Para cantar en el teatro de la Ópera, señor.

—Claro. ¿No existe ningún otro motivo? ¿No va a encontrarse con nadie en concreto?

—No, señor.

—¿Por qué está tan interesada en esos monos que tocan canciones?

—Sólo en un mono, señor, y en una canción. Es el que sostiene en las manos. Ningún otro mono toca la canción que ella busca.

—Qué lástima. ¿Tu papá no ha venido?

—No, señor. Papá tuvo que aplazar el viaje. Llegará por mar mañana.

—Excelente. ¿Es tu verdadero padre?

—Por supuesto. Está casado con mamá y yo soy su hijo.

En ese momento pensé que el descaro ya había llegado demasiado lejos, y me disponía a intervenir cuando algo extraño sucedió. La puerta se abrió, entró una ráfaga de aire frío procedente del mar, y en el umbral se dibujó la forma corpulenta del sacerdote, al que llamaban padre Kilfoyle. Al sentir el aire helado, Pierre y el señor Malta se asomaron por la esquina de una estantería. El sacerdote y el hombre pálido, separados por unos diez metros de distancia, se miraron. Al punto, el cura levantó la mano derecha e hizo la señal de la cruz sobre su frente y su pecho. Como buen protestante, no comulgo con estas cosas, pero sé que cuando los católicos hacen eso buscan la protección del Señor.

Entonces el cura dijo:

—Ven aquí, Pierre.

Extendió la mano sin apartar la mirada del señor Malta. El claro enfrentamiento entre ambos hombres, que iba a ser el primero de los dos de aquel día, había enfriado tanto la atmósfera como el viento, así que intenté recuperar el buen humor de una hora antes.

—Eminencia —dije—, el orgullo y la alegría de este parque es la sala de los espejos, una maravilla del mundo. Permítame que se la enseñe, lo reanimará. Maese Pierre se divertirá con los demás juguetes, pues ya ve que está encantadísimo, como todos los jóvenes que visitan este lugar.

La mujer parecía indecisa, y recordé con cierta inquietud que en su carta el señor Tilyou había insistido en que debía ver los espejos, aunque yo no entendía por qué. Miró al irlandés, que asintió y dijo:

—Claro, vaya a ver la maravilla del mundo. Yo cuidaré de Pierre: tenemos tiempo suficiente. Los ensayos no empiezan hasta después de comer.

Ella asintió y vino conmigo.

Si el episodio de la juguetería fue extraño, con el chaval y su madre buscando una canción que ninguno de los monos tocaba, lo que siguió fue de lo más peculiar, y explica por qué me ha costado tanto describir con exactitud lo que vi y oí aquel día.

Entramos en la sala juntos por la única puerta que hay, y la mujer vio el pasillo. Le pregunté en qué dirección quería ir. Se encogió de hombros, esbozó una sonrisa encantadora y giró a la derecha. Yo subí a la cabina de control y miré por el espejo suspendido sobre mi cabeza. Vi que había llegado a la mitad de una de las paredes laterales. Moví una palanca para hacer girar un espejo y dirigirla hacia el centro. No pasó nada. Probé de nuevo. Nada. Los controles no funcionaban. Vi que seguía avanzando entre las paredes de espejos del pasillo exterior. Entonces, un espejo giró por sí solo, bloqueó su camino y la obligó a caminar hacia el centro. Yo no había movido nada. Los controles no funcionaban, y por su propio bien debía dejar salir a la señora antes de que quedara atrapada. Accioné las palancas con la intención de crear un pasillo recto en dirección a la puerta. No ocurrió nada, pero los espejos del laberinto estaban moviéndose como si los controlase otra persona. Vi veinte imágenes de la mujer a medida que más y más espejos iban girando, pero ya no sabía diferenciar la persona real de su imagen.

De pronto, la mujer se detuvo, atrapada en una pequeña habitación central. Se produjo un movimiento en otra pared de la habitación, y distinguí el remolineo de una capa, reproducido veinte veces, justo antes de que se desvaneciera. Pero se trataba de la capa de la señora, porque era negra, y la de ella era de terciopelo color ciruela. Vi que abría desmesuradamente los ojos y se llevaba la mano a la boca. Miraba algo o a alguien que daba la espalda al panel de espejo, pero se encontraba en el único ángulo muerto que mi espejo no podía abarcar. Entonces ella dijo: «Ah, eres tú.» Comprendí que, de alguna manera, otra persona no sólo había entrado en la sala, sino que había descubierto el camino que conducía al centro del laberinto sin que yo le observara. Era imposible, hasta que reparé en que el espejo inclinado sobre mi cabeza había sido manipulado por la noche para que sólo abarcara la mitad de la sala. La otra mitad estaba fuera de mi ángulo de visión. Podía verla a ella, pero no al fantasma, o lo que fuera, con quien hablaba. Y podía oírles, así que he intentado recordar y anotar con exactitud lo que dijeron.

Había algo más. Aquella francesa rica, famosa, dotada de talento y serena, estaba temblando. Intuí su miedo, pero era un miedo mezclado con una aterrada fascinación. Como demostró la conversación posterior, había topado con alguien de su pasado, alguien de quien creía haberse librado, alguien que en otro tiempo la había aprisionado en una red... ¿de qué? De miedo, sí, eso se palpaba en el ambiente. ¿De amor? Tal vez, pero mucho tiempo atrás. Y de temor reverente. Fuera quien fuera, o quien hubiese sido, ella aún sentía un temor reverencial por su poder y personalidad. La vi estremecerse varias veces, pero él no la amenazó en ningún momento. Esto es lo que dijeron:

ÉL: Por supuesto. ¿Esperabas a otro?

ELLA: Después del mono, no. Oír *Masquerade* otra vez... Ha pasado mucho tiempo.

ÉL: Trece largos años. ¿Has pensado en mí?

ELLA: Por supuesto, mi maestro de música. Pero pensé...

ÉL: ¿Que había muerto? No, Christine, amor mío, no.

ELLA: ¿Amor mío? ¿Todavía...?

ÉL: Siempre y para siempre, hasta que muera. En espíritu, aún eres mía, Christine. Creé a la estrella del canto, pero no supe conservarla.

ELLA: Cuando desapareciste, pensé que te habías ido para siempre. Me casé con Raoul...

ÉL: Lo sé. He seguido cada uno de tus pasos, cada movimiento, cada triunfo.

ELLA: ¿Ha sido duro para ti, Erik?

ÉL: Bastante. Mi camino siempre ha sido mucho más duro de lo que llegarás a sospechar jamás.

ELLA: ¿Tú me has traído aquí? ¿El teatro de la Ópera es tuyo?

ÉL: Sí. Todo mío, y más, mucho más. Soy lo bastante rico para comprar media Francia.
ELLA: ¿Por qué, Erik? ¿No podías dejarme en paz? ¿Qué quieres de mí?
ÉL: Quédate conmigo.
ELLA: No puedo.
ÉL: Quédate conmigo, Christine. Los tiempos han cambiado. Puedo ofrecerte todos los teatros líricos del mundo. Todo lo que quieras pedir.
ELLA: No puedo. Amo a Raoul. Intenta aceptarlo. Recuerdo con gratitud todo cuanto has hecho por mí, pero mi corazón pertenece a otro hombre, y siempre será así. ¿No puedes comprenderlo? ¿No puedes aceptarlo?

En ese momento se produjo una larga pausa, como si el pretendiente rechazado estuviera intentando recuperarse de su dolor. Cuando volvió a hablar, le temblaba la voz.

ÉL: Muy bien. Debo aceptarlo. ¿Por qué no? Me han roto el corazón tantas veces... Pero hay una cosa más. Deja que mi hijo se quede conmigo.
ELLA: ¿Tu... hijo?
ÉL: Mi hijo, nuestro hijo, Pierre.

La mujer, a la que aún podía ver, reflejada una docena de veces, se puso pálida como una sábana y se cubrió el rostro con las manos. Pareció perder el equilibrio, y temí que fuera a desmayarse. Yo estaba a punto de gritar, pero la voz se negó a salir de mi garganta. Era testigo mudo e impotente de algo que no alcanzaba a comprender. Por fin, apartó las manos y susurró:

ELLA: ¿Quién te lo dijo?
ÉL: La señora Giry.
ELLA: ¿Por qué lo hizo, por qué?
ÉL: Estaba a punto de morir. Quería revelarme el secreto oculto durante tantos años.
ELLA: Te mintió.
ÉL: No. Atendió a Raoul después de que disparasen sobre él en el callejón.
ELLA: Es un hombre bueno y amable. Me ha querido y ha criado a Pierre como si fuera suyo. Pierre no lo sabe.
ÉL: Raoul lo sabe. Tú lo sabes. Yo lo sé. Quiero a mi hijo.
ELLA: No puedo, Erik. Pronto cumplirá trece años. Dentro de cinco, será mayor de edad. Entonces se lo diré. Te doy mi palabra, Erik. El día de su decimoctavo aniversario. Aún no está preparado. Todavía me necesita. Cuando se lo diga, él elegirá.
ÉL: ¿Me das tu palabra, Christine? Si espero cinco años...
ELLA: Tendrás a tu hijo. Dentro de cinco años. Si sabes ganártelo.
ÉL: Entonces esperaré. He esperado tanto tiempo por una diminuta fracción de la felicidad de que la mayoría de los hombres disfrutan sobre las rodillas de su padre... Cinco años más... Esperaré.
ELLA: Gracias, Erik. Dentro de tres días volveré a cantar para ti. ¿Estarás allí?
ÉL: Por supuesto. Más cerca de lo que crees.
ELLA: Entonces cantaré para ti como nunca lo he hecho.

En ese momento vi algo que casi me lanzó fuera de la cabina de control. De alguna forma, un segundo hombre había logrado introducirse en la sala. Nunca sabré cómo lo hizo, pero no fue por la única puerta que yo conocía, que estaba justo debajo de mí y no había sido usada. Debió de deslizarse por la entrada secreta cuya existencia sólo conocía el diseñador del edificio, y que nunca había sido revelada a nadie más. Al principio, pensé que estaba viendo un reflejo del que hablaba, pero recordé el remolineo de la capa, y esta figura, aunque también vestida de negro, no llevaba capa, sino una ceñida levita negra. Se hallaba en uno de los pasillos interiores, y observé que estaba agachado, con el oído aplicado a la rendija que separaba los dos espejos que había junto a él. Al otro lado de la rendija estaba la sala de espejos interior donde la dama y su ex amante habían estado hablando.

Fue como si sintiera mis ojos clavados en él, porque se volvió de repente, miró alrededor y alzó la vista. El espejo de observación ladeado nos reveló mutuamente. Su cabello era tan negro como la levita, y su cara tan blanca como la camisa que llevaba. Era el miserable que se hacía llamar Malta. Dos ojos penetrantes me taladraron por un segundo, y entonces huyó por los mismos pasillos que los demás encontraban tan desconcertantes. Bajé de la cabina al punto y, en un intento por detenerle, salí del edificio y lo rodeé a toda prisa. Me llevaba una buena ventaja, tras haber escapado por su salida secreta, y corría hacia la puerta. Mis botas de maestro de ceremonias me impedían correr.

Tuve que conformarme con mirar. Había un segundo carruaje cerca de la puerta, una calesa cubierta, y a ella se dirigió la figura negra. Subió de un salto, cerró la portezuela y el coche se puso en marcha. Era particular, sin la menor duda, porque ésos no se alquilan en Coney Island.

Pero antes de llegar, tuvo que pasar ante dos personas. La más cercana a la sala de los espejos era el joven reportero, y cuando la figura enfundada en la levita negra pasó por su lado, soltó un grito que no entendí, pues el viento se llevó el sonido. El reportero levantó la vista, sorprendido, pero no hizo nada por detener al hombre.

Justo delante de la entrada se erguía la figura del sacerdote, que había encerrado a Pierre en el interior del carruaje y volvía en busca de su patrona. Vi que el fugitivo se paraba en seco por un segundo y miraba al cura, que le sostuvo la mirada, y después continuó corriendo hacia su coche.

Yo ya tenía los nervios completamente destrozados. La extraña búsqueda entre los monos mecánicos, a la caza de una canción que ninguno tocaba, el aún más extraño comportamiento del hombre que se hacía llamar Malta al interrogar al niño, la confrontación preñada de odio entre Malta y el sacerdote católico, y después la catástrofe de la sala de los espejos, con todas las palancas fuera de mi control, las terribles confesiones que había oído de labios de la *prima donna* y del hombre que, en otro tiempo, había sido su amante y era padre de su hijo, y al final descubrir a Malta espiándoles..., todo era demasiado. En mi perplejidad, olvidé por completo que la pobre señora de Chagny seguía atrapada en el interior del laberinto de espejos.

Cuando lo recordé, corrí a liberarla. Como por milagro, todos los controles volvieron a funcionar, y no tardó en salir, pálida y serena, como debía ser. Me dio las gracias con mucha educación por las molestias que me había tomado, dejó una propina generosa y subió a la berlina con el reportero, el cura y su hijo. Yo la acompañé hasta la puerta del parque.

Cuando volví a la sala de los espejos por última vez, me llevé el susto de mi vida. Había un hombre de pie al amparo del edificio, mirando el carruaje que se llevaba a su hijo. Era el mismo, no cabía duda. La capa que se agitaba a sus espaldas le delató. Era el otro protagonista de los extraños acontecimientos que habían sucedido dentro del laberinto. Pero fue su cara lo que heló la sangre en mis venas. Era una cara destrozada, cubierta en sus tres cuartas partes por una máscara pálida, y detrás de la máscara unos ojos que ardían de ira. Se trataba, sin duda, de un hombre frustrado, poco acostumbrado a los fracasos, y que había llegado a ser peligroso. No pareció oírme, porque murmuró algo como si gruñera.

—Cinco años —le oí decir—. Cinco años. Ni hablar. Es mío y se quedará conmigo.

Se volvió y desapareció, abriéndose camino entre dos casetas y un tiovivo. Más tarde, encontré un punto de la valla que da a Surf Avenue del que habían quitado tres estacas. No le vi hacerlo, y nunca volví a saber del espía.

Más tarde medité acerca de qué hacer. ¿Debía avisar a la vizcondesa de que el extraño hombre no parecía dispuesto a esperar cinco años para recuperar a su hijo? ¿Se calmaría, quizá, cuando su cólera se apaciguara? Se trataba de un conflicto familiar, que sin duda acabaría por resolverse. Eso me dije, pero no en vano corre sangre celta por mis venas, y mientras escribo las cosas que vi y oí ayer, pende sobre mí un horrible presentimiento.

13

LA ORACIÓN DE JOSEPH KILFOYLE

Catedral de San Patricio, Nueva York,
2 de diciembre de 1906

—Señor, ten piedad. Cristo, ten piedad. Muchas veces te he invocado. Más de las que puedo recordar. Bajo el calor del sol y en la oscuridad de la noche. En la misa celebrada en Tu casa y en la intimidad de mi habitación. A veces, incluso he pensado que tal vez contestarías; me ha parecido oír Tu voz, me ha parecido sentir Tu guía. ¿Eran tonterías, me engañaba acaso? ¿Es cierto que mediante la oración nos comunicamos contigo? ¿O sólo nos escuchamos a nosotros mismos?

»Perdona mis dudas, Señor. Me esfuerzo por encontrar la verdadera fe. Escúchame ahora, te lo suplico. Porque estoy perplejo y aterrorizado. No es el erudito quien habla, sino el granjero irlandés que era al nacer. Te ruego que me escuches y me ayudes.

—Estoy aquí, Joseph. ¿Qué altera tu tranquilidad espiritual?

—Señor, creo que, por primera vez, estoy verdaderamente asustado. Tengo miedo, pero no sé por qué.

—¿Miedo? Yo sé bastante de eso.

—¿Tú, Señor? No lo creo.

—Al contrario. ¿Qué crees que sentí cuando ataron mis muñecas sobre mi cabeza a la anilla que colgaba de la pared del templo para flagelarme?

—Imaginaba que no podías sentir miedo.

—Entonces era un hombre, Joseph. Con todas las debilidades y los defectos de los hombres. Ésa es la cuestión. Y un hombre puede sentir mucho miedo. Cuando me enseñaron el látigo, con sus tirillas anudadas con fragmentos de hierro y plomo, y me contaron el efecto que causaría, grité de miedo.

—Nunca lo había pensado así, Señor. No consta en las Escrituras.

—Es un detalle sin importancia. ¿Por qué tienes miedo?

—Presiento que algo está sucediendo en torno a mí en esta aterradora ciudad que no alcanzo a comprender.

—Te compadezco. Temer a aquello que puedes comprender ya es bastante malo, pero aun así ese temor tiene sus límites. El otro miedo es peor. ¿Qué quieres de mí?

—Necesito Tu fortaleza, Tu energía.

—Ya las tienes, Joseph. Las heredaste cuando hiciste los votos y vestiste mi hábito.

—Pues no debo ser merecedor de ellas, Señor, porque ahora se me escapan. Temo que elegiste un mal recipiente cuando escogiste al chico de la granja de Mullingar.

—De hecho, tú me elegiste a mí, pero da igual. ¿Es que mi recipiente se ha agrietado, me ha decepcionado hasta el momento?

—He pecado, por supuesto.

—Por supuesto. ¿Quién no? Has deseado a Christine de Chagny.

—Es una mujer hermosa, Señor, y soy un hombre, no lo olvides.

—No lo olvido. También yo lo fui. Puede ser muy duro. ¿Te confesaste y recibiste la absolución?

—Sí.

—Bien, los pensamientos no son más que pensamientos. ¿No hiciste nada más?

—No, Señor. Sólo pensamientos.

—Bien, en ese caso tal vez pueda seguir confiando un tiempo más en mi muchacho de la granja. ¿Qué me dices de tus temores inexplicados?

—Hay un hombre en esta ciudad, un hombre extraño. El día que llegamos, cuando estábamos en el puerto, alcé la vista y vi una figura en el techo de un almacén. Nos miraba. Llevaba una máscara. Ayer, Christine, el pequeño Pierre, un reportero local y yo fuimos a Coney Island. Christine entró en una parte del parque de atracciones conocida como la sala de los espejos. Anoche pidió que la confesara y me dijo...

—Creo que tienes permiso para decírmelo, pues estoy dentro de tu cabeza. Adelante.

—Me dijo que se había encontrado con él allí. Le describió. Debía de ser el mismo hombre, el que conoció hace años en París, un hombre atrozmente desfigurado, que se ha vuelto rico y poderoso en Nueva York.

—Le conozco. Se llama Erik. Su vida no ha sido fácil. Ahora adora a otro dios.

—No hay otros dioses, Señor.

—Bonita idea, pero hay muchos. Se trata de dioses creados por el hombre.

—Ah. ¿Cuál es el de él?

—Es el sirviente de Mammón, el dios de la codicia y el oro.

—Me gustaría conseguir que volviese a Tu camino.

—Tu actitud es muy loable. ¿Por qué?

—Al parecer, posee enormes riquezas.

—Joseph, se supone que estás en el negocio de las almas, no del oro. ¿Codicias su fortuna?

—No para mí, Señor. Para otra cosa.

—¿Para qué?

—Mientras he estado aquí, he paseado de noche por el distrito del Lower East Side, que apenas dista un kilómetro de esta catedral. Es un lugar horroroso, un infierno en la tierra. Hay pobreza, mugre, inmundicia, hedor y desesperación. De allí surgen todos los vicios y todos los crímenes. Los niños, de uno y otro sexo, se prostituyen...

—¿Acaso percibo cierto tono de censura en tu voz, Joseph, por permitir esas cosas?

—Yo no podría censurarte, Señor.

—Oh, no seas tan modesto. Estoy acostumbrado.

—Pero soy incapaz de comprenderlo.

—Intentaré explicártelo. Nunca concedí al hombre la garantía de la perfección, sólo la posibilidad. Eso fue todo. El hombre posee la elección y la posibilidad, pero no es esclavo de la coerción. He dejado que, en su libertad, escoja. Algunos intentan seguir el camino que señalé. La mayoría prefiere obtener sus placeres ahora y aquí. Para muchos, eso significa infligir dolor a los demás con el fin de divertirse o enriquecerse. Se ha tomado nota, por supuesto, pero no va a cambiar.

—Pero ¿por qué, Señor, no puede ser el hombre una criatura mejor?

—Escucha, Joseph, si le tocara en la frente y le hiciera perfecto, ¿cómo sería la vida en la tierra? Desde luego, no habría tristeza ni alegría, lágrimas ni sonrisas, dolor ni alivio, esclavitud ni libertad, fracaso ni triunfo, grosería ni cortesía, intolerancia ni tolerancia, desesperación ni dicha, pecado ni redención. Crearía un paraíso de felicidad tediosa aquí en la tierra, lo cual convertiría mi paraíso celestial en algo más bien redundante. Y ésa no es la cuestión. Así que el hombre ha de poder elegir, hasta que le llame de vuelta a mi lado.

—Supongo que sí, Señor, pero me gustaría destinar a este Erik y sus riquezas a un servicio mejor.

—Tal vez lo consigas.

—Pero tiene que haber una llave.

—Siempre hay una llave.

—Yo no la veo, Señor.

—Has leído mis palabras. ¿Has asimilado algo?

—Muy poco, Señor. Ayúdame, te lo ruego.

—La llave es el amor, Joseph. La llave siempre es el amor.

—Pero él ama a Christine de Chagny.

—¿Y qué?

—¿Debo alentarla a romper sus votos matrimoniales?

—Yo no he dicho eso.

—Entonces no lo entiendo.

—Ya lo entenderás, Joseph, ya lo entenderás. A veces hace falta un poco de paciencia. ¿Así que ese Erik te asusta?

—Él no, Señor. Cuando le descubrí sobre el tejado, y más tarde vi su figura huir de la sala de los espejos, percibí una sensación de rabia en él, de desesperación, de dolor. Pero no de maldad. Fue el otro.

—Háblame de ese otro.

—Cuando llegamos al parque de atracciones de Coney Island, Christine y Pierre entraron en la juguetería con el maestro de ceremonias. Yo me quedé fuera para pasear un rato junto al mar. Cuando me reuní con ellos en la tienda,

Pierre estaba con un joven que le enseñaba los juguetes mientras le susurraba algo al oído. Su cara era blanca como el hueso, sus ojos y su cabello negros, al igual que la levita que lucía. Creí que se trataba del encargado de la tienda, pero el maestro de ceremonias me dijo más tarde que nunca le había visto hasta aquella mañana.

—¿Y no te gustó, Joseph?

—Gustar no es la palabra, Señor. Había algo en él, un frío peor que el del mar. Tal vez sea mi imaginación de irlandés. Le rodeaba un aura de maldad que me impulsó a hacer Tu señal, Señor, guiado por el instinto. Me llevé al niño lejos de él, y me miró con un odio oscuro. Fue la primera vez que le vi ese día.

—¿Y la segunda?

—Estaba volviendo del carruaje donde había dejado al niño. Una media hora más tarde. Sabía que Christine había ido con el maestro de ceremonias a conocer una atracción llamada sala de los espejos. Se abrió una pequeña puerta situada en un lado del edificio, y el hombre salió corriendo. Pasó junto al reportero, que me precedía, y cuando pasó por mi lado para lanzarse dentro de un pequeño carruaje y desaparecer, se detuvo y me miró de nuevo. Fue igual que la primera vez. Sentí que la temperatura, ya de por sí fría, había bajado diez grados. Me estremecí. ¿Quién era? ¿Qué quiere?

—Creo que te refieres a Darius. ¿Deseas redimirle a él también?

—Creo que no podría.

—Tienes razón. Ha vendido su alma a Mammón, que es el dios del eterno sirviente del oro, hasta que viene a mí. Fue él quien guió a Erik hacia su propio dios. Darius, sin embargo, no alberga amor. Ésa es la diferencia.

—Pero ama el oro, Señor.

—No, adora el oro, lo que es muy distinto. Erik también adora el oro, pero en el fondo de su alma torturada conoció el amor una vez, y podría conocerlo de nuevo.

—Entonces ¿podría conquistarle?

—Joseph, ningún hombre que conozca el amor puro, a excepción del amor a sí mismo, está más allá de la redención.

—Pero al igual que Darius, este Erik sólo ama el oro, a él y a la mujer de otro. No lo entiendo, Señor.

—Te equivocas, Joseph. Aprecia el oro, se odia a sí mismo y ama a una mujer inaccesible. Ahora debo irme.

—Quédate un poquito más conmigo, Señor.

—No puedo. Ha estallado una guerra cruel en los Balcanes. Esta noche habrá que recibir a muchas almas.

—¿Dónde encontraré esta llave, la que hay más allá del oro, el egoísmo y la mujer inaccesible?

—Ya te lo he dicho, Joseph. Busca otro amor, más grande.

14

LA COLUMNA DE GAYLORD SPRIGGS

New York Times, 4 de diciembre de 1906

Bien, el tan cacareado teatro de la Ópera de Manhattan del señor Oscar Hammerstein fue inaugurado anoche con lo que sólo puede describirse como un triunfo sin paliativos. Si estallara otra guerra civil en nuestro querido país, sería para competir por los asientos, pues todo Nueva York quedó conmocionado por el espectáculo que se desarrolló ante sus ojos.

Hasta el momento sólo pueden hacerse conjeturas acerca de lo que pagaron los grandes clanes económicos y culturales de nuestra ciudad por sus palcos, e incluso asientos, pero los precios no habrán tenido nada que ver con las tarifas oficiales.

El Manhattan, como debemos llamarlo ahora para diferenciarlo del Metropolitan, en el otro extremo de la ciudad, es un edificio suntuoso, ricamente trabajado, con una zona de recepción interior que deja en ridículo al angosto espacio público previo al auditorio del Met. Aquí, media hora antes de que el telón se levantara vi a personas consideradas una leyenda a lo largo y ancho de Estados Unidos que gimoteaban como niños mientras los pocos privilegiados eran conducidos a sus palcos privados.

Estaban los Mellon, Vanderbilt, Rockefeller, Gould, Whitney y los mismísimos Pierpoint Morgan. Entre ellos, genial anfitrión de todos nosotros, destacaba el hombre que puso en juego una enorme fortuna, así como una energía y empuje ilimitados, para crear el Manhattan pese a los factores en contra, el zar del tabaco Oscar Hammerstein. Aún persisten rumores de que al señor Hammerstein le apoya otro magnate aún más rico, el financiero fantasma a quien nadie ha visto, pero si existe no dio señales de vida.

La opulencia del amplio pórtico y el lujo de la zona de recepción eran impresionantes, así como los adornos de color dorado, púrpura y ciruela del anfiteatro, sorprendentemente pequeño e íntimo. Pero ¿qué podemos decir de la calidad de la nueva ópera y de los cantantes que todos fuimos a escuchar? En ambos casos, no recuerdo que en treinta años se hayan alcanzado semejantes alturas artísticas y emotivas.

Los lectores de esta humilde columna sabrán que hace tan sólo siete semanas el señor Hammerstein tomó la extraordinaria decisión de renunciar a la obra maestra de Bellini, *I puritani*, para la velada inaugural, y corrió el enorme riesgo de presentar una ópera inédita de estilo moderno, obra de un compositor norteamericano desconocido (y todavía anónimo, aunque resulte asombroso). Una apuesta extraordinaria. ¿Hubo beneficios? Del mil por ciento.

En primer lugar, *El ángel de Shiloh* garantizó la presencia de la vizcondesa Christine de Chagny, una belleza cuya voz consiguió eclipsar anoche a otras archivadas en mi recuerdo, y creo que durante las últimas tres décadas he escuchado las mejores del mundo. En segundo lugar, la obra en sí es una obra maestra de sencillez y emoción, que no dejó ni un solo ojo seco en el teatro.

El argumento se desarrolla durante nuestra guerra civil de hace sólo cuarenta años, y por lo tanto posee un significado inmediato para cualquier norteamericano, ya sea del Norte o del Sur. En el primer acto, conocemos al dinámico y joven abogado de Connecticut Miles Regan, perdidamente enamorado de Eugenie Delarue, la hermosa hija del rico dueño de una plantación en Virginia. Interpretaba el papel del abogado el tenor norteamericano David Melrose, un nuevo valor en alza, hasta que algo muy extraño sucedió, pero ya me explicaré más adelante. La pareja se comprometía e intercambiaba alianzas de oro. En su papel de belleza sureña, la señora de Chagny estaba magnífica, y su placer infantil cuando el hombre a quien ama la pide en matrimonio, expresado en el aria «Con este anillo para siempre», comunicó ese júbilo a todo el público.

El propietario de la plantación vecina, Joshua Howard (magnífica interpretación de Alessandro Gonci), también la había cortejado, pero acepta el rechazo como el caballero que es. Sin embargo, se ciernen nubes de guerra, y al final del acto los primeros cañones disparan contra el fuerte Sumter y la Unión declara la guerra a la Confederación. Los jóvenes enamorados han de separarse. Regan explica que no tiene más elección que volver a Connecticut y luchar por el Norte. La señorita Delarue sabe que ha de quedarse con su familia, que abraza la causa del Sur. El acto termina con un dúo conmovedor, cuando los enamorados se separan sin saber si volverán a encontrarse.

Ya en el acto segundo, han pasado dos años y Eugenie Delarue trabaja de enfermera en un hospital, justo después de la sangrienta batalla de Shiloh. Presenciamos su entrega y devoción hacia los jóvenes uniformados, espantosamente heridos, de ambos bandos cuando son ingresados. Esta antigua belleza aristócrata en contacto diario con toda la mugre y el dolor de un hospital situado en primera línea, pregunta en un aria conmovedora: «¿Por qué han de morir estos jóvenes?»

Su ex vecino y pretendiente es ahora el coronel Howard, comandante del regimiento que ocupa el hospital. Reanuda su cortejo, intenta convencerla de que olvide a su novio perdido en el ejército de la Unión y le acepte a él. Ella está casi decidida, cuando traen a un nuevo paciente. Es un oficial nordista horriblemente desfigurado después de que un cartucho de pólvora estallase en su cara, que lleva cubierta con gasas, sin posibilidad de regeneración. Aunque él sigue inconsciente, la señorita Delarue reconoce el anillo de oro que lleva en un dedo; es el mismo que ella le regaló hace dos años. De hecho, el oficial es el capitán Regan, al que sigue encarnando David Melrose. Cuando despierta, reconoce al instante a su prometida, pero ignora que ella también le ha reconocido a él mientras dormía. Hay una escena de una ironía suprema cuando, desde su cama e impotente, Regan ve que el coronel Howard entra en el pabellón para acosar una vez más a la señorita Delarue e intentar convencerla de que su amante ya debe de estar muerto, aunque ella y nosotros sabemos que está tendido en su lecho de dolor a escasos metros de distancia. Este acto culmina cuando el capitán Regan comprende que ella sabe quién hay detrás de los vendajes y, al verse por primera vez en un espejo, asume que su rostro, en otro tiempo hermoso, es ahora horrible. Intenta robar un revólver al guardia a fin de terminar con su vida, pero el soldado confederado y dos prisioneros heridos de la Unión se lo impiden.

En el tercer acto llega el clímax de la obra. Es el más

emocionante, porque el coronel Howard anuncia que, según informes que acaban de llegar, el ex prometido de Eugenie no es otro que el líder de los temidos Jinetes de Regan, que han llevado a cabo devastadores ataques detrás de las líneas confederadas. Una vez capturado, será sometido a consejo de guerra sumarísimo y fusilado.

Eugenie Delarue se encuentra ahora en un terrible dilema. ¿Debe callar lo que sabe, y, por tanto, traicionar a la Confederación, o denunciar al hombre que ama? En ese momento se anuncia un breve armisticio para intercambiar prisioneros de guerra que ya no pueden volver a combatir. El hombre del rostro desfigurado reúne las condiciones necesarias para ser incluido en el intercambio. Llegan carromatos con soldados sudistas heridos procedentes del Norte, con el fin de recoger a los soldados mutilados prisioneros del otro bando.

En este punto debo describir los asombrosos acontecimientos que sucedieron entre bambalinas durante el entreacto. Por lo visto (y mi fuente está muy segura al respecto), el señor Melrose se echó unas gotas de loción calmante en la garganta para suavizar la laringe. Debía de estar contaminada, porque al cabo de pocos segundos estaba croando como una rana. ¡Un desastre! El telón estaba a punto de alzarse. Entonces, como por milagro, justo a tiempo para solucionar el problema, apareció un suplente que se sabía el papel de memoria. Llevaba la cara envuelta en vendajes.

En circunstancias normales, esto habría significado una terrible decepción para el público, pero en este caso, todos los dioses de la ópera debían de sonreír al señor Hammerstein. El suplente, que no constaba en el programa y sigue constituyendo un misterio para mí, se reveló como un tenor a la misma altura del señor Gonci.

La señorita Delarue había decidido que, como el capitán Regan nunca volvería a combatir, era innecesario revelar lo que sabía sobre el hombre de la máscara. Cuando las carretas estaban a punto de partir hacia el Norte, el coronel Howard averiguaba que el buscado líder de los Jinetes de Regan había caído herido y debía de encontrarse detrás de las líneas confederadas. Se clavaron pasquines ofreciendo una recompensa por su captura. Todos los soldados de la Unión que partían de regreso al hogar eran comparados con un dibujo a lápiz de la cara de Regan. Sin el menor éxito. Porque a esas alturas, el capitán Regan ya no tenía cara.

Mientras los soldados nordistas destinados a ser canjeados esperan para partir al amanecer, se nos ofrece un interludio encantador. El coronel Howard (el gran Gonci en persona) ha contado con la colaboración, durante toda la acción, de un joven ayudante de campo, un muchacho de unos trece años. Hasta este momento, no ha emitido el menor sonido, pero cuando un soldado de la Unión intenta arrancar una melodía de su violín, el niño coge el instrumento e interpreta una hermosa melodía, como si el instrumento fuese un Stradivarius. Uno de los heridos pregunta si puede acompañarlo cantando. Como respuesta, el niño deja a un lado el violín y nos ofrece un aria con una voz de soprano de tal transparencia que puso un nudo en la garganta a casi todos los presentes, lo sé sin el menor asomo de duda. Y cuando examiné el programa para averiguar su nombre, resultó ser nada más y nada menos que el señor Pierre de Chagny, el hijo de la diva. De tal palo tal astilla.

En la escena de la despedida, de un dramatismo exquisito, la señorita Delarue y su prometido nordista se dicen adiós. La señora de Chagny ya había cantado durante toda la obra con una pureza de voz que suele atribuirse tan sólo a los ángeles, pero ahora se elevó hasta nuevas y, en teoría, inalcanzables cimas de belleza vocal, como quien esto escribe jamás había oído. Cuando empezó el aria, «¿Nunca volveremos a vernos?», daba la impresión de que cantaba con el corazón, y cuando el suplente desconocido le devolvía el anillo que ella le había regalado, con las palabras «Acepta de nuevo este anillo», vi mil pañuelos de batista elevarse hacia los ojos de las damas de Nueva York.

Fue una velada que perdurará en el corazón y en la mente de todos los que estuvimos allí. Juro que vi al maestro Campanini, por lo general un ejemplo de disciplina, a punto de llorar cuando la señora de Chagny, sola en el escenario e iluminada únicamente por velas encendidas en el pabellón del hospital a oscuras, concluía la ópera con «Oh, guerra cruel».

El público se puso en pie treinta y siete veces para aplaudir, y otras tantas se alzó el telón, y eso antes de que me viera obligado a salir para averiguar qué había pasado con el señor Melrose y su loción. Se había marchado hecho un mar de lágrimas.

Aunque el resto de la compañía estuvo soberbio, y la orquesta dirigida por Campanini se mostró a la altura esperada, la joven de París se adueñó de la noche. Su belleza y encanto ya habían rendido a sus pies a todo el personal del Waldorf-Astoria, y ahora la magia en estado puro de aquella voz acababa de conquistar a todos los amantes de la ópera cuya buena fortuna les había permitido estar en la velada inaugural del Manhattan.

Es una tragedia que la señora de Chagny deba partir tan pronto. Cantará para nosotros otras cinco noches, y luego zarpará hacia Europa con el fin de cumplir compromisos asumidos previamente en el Covent Garden, antes de Navidad. Su puesto será ocupado a principios del mes que viene por Nellie Melba, el segundo triunfo de Oscar Hammerstein sobre sus adversarios del otro lado de la ciudad. Ella es otra leyenda viva, y también será éste su debut en Nueva York, pero no ha de dormirse en los laureles, porque ninguno de los presentes anoche olvidará jamás a la Divina.

¿Qué será del Metropolitan? Me pareció observar anoche que los grandes potentados cuyas fortunas respaldan al Met, aparte de expresar su satisfacción por una nueva obra maestra, intercambiaban miradas significativas, como preguntándose: «¿Y ahora qué?» Pese a su aforo menor, el Manhattan cuenta con más instalaciones destinadas a la comodidad del público, un escenario enorme, la tecnología más avanzada y unos decorados impresionantes. Si el señor Hammerstein puede seguir ofreciéndonos la calidad que vimos anoche, el Met tendrá que esforzarse mucho si pretende igualarlo.

15

LA COLUMNA DE SOCIEDAD DE AMY FONTAINE

New York World, *4 de diciembre de 1906*

Bien, hay fiestas y fiestas, pero es muy posible que la celebrada anoche en el nuevo teatro de la Ópera de Manhattan, después de la triunfal representación de *El ángel de Shiloh*, llegue a ser considerada la fiesta de la década.

Debido a que, en atención a los lectores del *World*, asisto a casi mil acontecimientos sociales al año, estoy en condiciones de afirmar que jamás he visto tantos norteamericanos célebres bajo el mismo techo.

Cuando el telón cayó por última vez, después de aplausos y llamadas a escena demasiado numerosos para ser contados, el público empezó a desfilar hacia el majestuoso pórtico de la calle 34 Oeste, donde un embotellamiento de carruajes les esperaba. Éstos eran los infortunados que no asistían a la fiesta. Aquellos que entre el público contaban con invitaciones esperaron a que el telón se alzara de nuevo, recorrieron la rampa instalada a toda prisa para salvar el foso de la orquesta y subieron al escenario. Otros que no habían conseguido asistir a la representación accedieron por la entrada de artistas.

Nuestro anfitrión de la noche era el magnate del tabaco Oscar Hammerstein, que ha diseñado y construido el teatro de la Ópera de Manhattan, además de ser su propietario. Ocupó el centro del escenario y dio las gracias en persona a cada invitado del público. Entre ellos se encontraban todos los nombres que se asocian con Nueva York, incluido el famoso propietario del *World*, el señor Joseph Pulitzer.

El escenario constituía un magnífico telón de fondo de la fiesta, porque el señor Hammerstein había conservado la mansión sureña que aparece en la obra, de modo que estábamos congregados entre sus paredes. Alrededor del perímetro, los tramoyistas habían dispuesto una hilera de verdaderas mesas antiguas cargadas de comida y bebida, con un bar bien provisto y seis camareros dispuestos a procurar que nadie quedara sediento.

El alcalde George McClellan no tardó en llegar, además de los Rockefeller y Vanderbilt. La fiesta se celebraba en honor de la joven *prima donna* vizcondesa Christine de Chagny, que acababa de debutar con un triunfo magnífico en ese mismo escenario, y las personalidades más notables de Nueva York se morían de ganas de conocerla. Al principio, descansó unos minutos en su camerino, bombardeada por mensajes de felicitación, ramos de flores tan numerosos que debieron ser enviados al hospital de Bellevue, a instancias de la cantante, e invitaciones a las casas más importantes de la ciudad.

Mientras me desplazaba entre los presentes localicé los nombres que, estoy segura, fascinarán a todos los lectores del *New York World*. Recién llegado de la costa Oeste, descubrí a un hombre que se está haciendo un nombre en la pujante industria del cine, el señor Douglas Fairbanks. Estaba conversando con un conocido realizador, director de cine, cuando un infante de marina de elevada estatura salió del pórtico de la mansión y anunció en voz alta: «Señoras y señores, el presidente de Estados Unidos.»

Apenas di crédito a mis oídos, pero era cierto, y al cabo de unos segundos estaba con nosotros el presidente Teddy Roosevelt, con las gafas en precario equilibrio sobre la nariz y su alegre sonrisa de siempre. Empezó a estrechar la mano a todo el mundo. No había venido solo, porque tiene merecida fama de rodearse de los personajes más pintorescos de nuestra sociedad. Al cabo de pocos minutos descubrí mi pobre mano aprisionada en el puño gigantesco del ex campeón mundial de los pesos pesados, Bob Fitzsimmons, y advertí la presencia, a unos metros de distancia, de otro ex campeón, Sailor Tom Sharkey, junto con el campeón actual, el canadiense Tommy Burns. Debo confesar que entre aquellos hombres tan altos me sentí como una enana.

En ese instante apareció en la puerta de la mansión la estrella en persona. Descendió saludada por una salva de aplausos, que había iniciado el presidente, quien avanzó para que el señor Hammerstein los presentara. Con galantería propia del Viejo Mundo, el señor Roosevelt tomó la mano de la cantante y la besó, mientras la multitud les vitoreaba. Después, saludó al tenor *signor* Gonci y al resto del reparto, a medida que el señor Hammerstein iba presentándoselos.

Una vez finalizadas las formalidades, nuestro travieso presidente tomó a la joven aristócrata francesa del brazo y la presentó a las personalidades. Ella se mostró muy satisfecha de conocer al coronel Cody, el mismísimo Buffalo Bill, cuyo espectáculo sobre el Salvaje Oeste atrae a masas incesantes de espectadores al otro lado del río, en Brooklyn.

Me acerqué más al séquito presidencial justo a tiempo para oír que Teddy Roosevelt presentaba a la señora de Chagny a su sobrino, y pronto tuve la oportunidad de intercambiar unas palabras con ese joven tan apuesto. Acaba de graduarse en Harvard y ahora estudia derecho en la Universidad de Columbia, en Nueva York. Le pregunté si pensaba dedicarse a la política como su famoso tío, y admitió que tal vez algún día. Es posible que dentro de un tiempo oigamos hablar de Franklin Delano Roosevelt.

Cuando la fiesta estaba en su apogeo y la comida y la bebida circulaban con prodigalidad, observé que en un rincón habían colocado un piano y que un joven estaba tocando música ligera, lo cual contrastaba con las arias clásicas que acabábamos de oír. Resultó ser un inmigrante ruso, todavía con un fuerte acento, quien me dijo que había compuesto algunos de los temas que estaba interpretando y deseaba establecerse como compositor. Bien, buena suerte, Irving Berlin.

En la primera parte de la fiesta daba la impresión de que faltaba una persona, a la que muchos habrían deseado conocer y felicitar: el desconocido suplente que había heredado el papel del indispuesto David Melrose, el trágico capitán Regan. Al principio pensé que la ausencia se debía a la dificultad de despojarse del considerable maquillaje que cubría casi toda su cara. Los restantes miembros del reparto se hallaban presentes, con sus uniformes azules de la Unión y grises de la Confederación, pero incluso los que habían interpretado a soldados «heridos» en las escenas del hospital se habían quitado los vendajes y arrojado las muletas. Sin embargo, no se veía por ninguna parte al misterioso tenor.

Cuando apareció, lo hizo en la puerta principal del decorado, en lo alto de la doble escalera que descendía hacia el escenario donde se celebraba la fiesta. ¡Y qué aparición más breve! ¿Tan tímido es este cantante extraordinario? Muchos de los que se encontraban bajo el pórtico ni se fijaron en él, pero yo sí.

Cuando pasó por la puerta vi que aún llevaba el maquillaje que cubría casi todo su rostro y sólo dejaba al descubierto los ojos y parte de la mandíbula. Tenía la mano apoyada sobre el hombro del joven soprano que tanto nos había conmovido con su canto, el hijo de la señora de Chagny, Pierre, quien asentía mientras el misterioso cantante parecía susurrarle algo al oído.

La señora de Chagny les vio al instante, y tuve la impresión de que una sombra de temor nublaba su rostro. Clavó los ojos en los que brillaban detrás de la máscara, palideció, reparó en que su hijo estaba al lado del tenor y se llevó la mano a la boca. Después, subió a toda prisa por la escalera hacia la extraña aparición, mientras sonaba la música y la gente reía y conversaba.

Vi que los dos hablaban con seriedad durante varios segundos. La señora de Chagny apartó la mano del tenor del hombro de su hijo e indicó a éste que bajara por la escalera, cosa que el muchacho hizo de inmediato, sin duda en busca de un refresco bien merecido. Sólo entonces sonrió la diva, como si se sintiese aliviada. ¿Estaba felicitándola el tenor por la representación de su vida, o temía ella por el chico?

Por fin, observé que él le entregaba un mensaje, una hoja de papel que la diva introdujo dentro de su corpiño. El hombre desapareció por la puerta del decorado, y la *prima donna* bajó por los escalones para reintegrarse a la fiesta. Creo que nadie reparó en aquel extraño incidente.

Pasaba de la medianoche cuando los juerguistas, cansados pero muy contentos, partían hacia sus carruajes, hoteles y hogares. Yo, por supuesto, corrí a las oficinas del *New York World* para conseguir que ustedes, mis queridos lectores, fueran los primeros en saber qué había pasado esa noche maravillosa en el teatro de la Ópera de Manhattan.

16

LA LECCIÓN DEL PROFESOR CHARLES BLOOM

Facultad de Periodismo, Universidad de Columbia, Nueva York, marzo de 1947

Damas y caballeros, jóvenes norteamericanos que os esforzáis por convertiros un día en grandes periodistas, como no nos conocemos permitid que me presente. Me llamo Charles Bloom. He trabajado como periodista, sobre todo en esta ciudad, durante casi cincuenta años.

Empecé a principios de siglo como recadero en las oficinas del antiguo *New York American*, y en 1903 había convencido al periódico de que me ascendieran a la distinguida categoría, o eso me parecía a mí, de reportero en la sección de noticias locales, para cubrir diariamente todos los acontecimientos de interés ocurridos en esta ciudad.

A lo largo de los años he presenciado y cubierto muchas historias, unas heroicas, otras trascendentales, varias que han cambiado el curso de nuestra historia y del mundo, algunas trágicas. Cubrí el despegue solitario de Charles Lindbergh, desde un campo envuelto en la niebla, cuando se disponía a cruzar el Atlántico, y me encontraba presente cuando se le dispensó una bienvenida triunfal. Cubrí la toma de posesión de Franklin D. Roosevelt y la noticia de su muerte, hace dos años. No fui a Europa cuando la Primera Guerra Mundial, pero despedimos a nuestros soldados en ocasión de su partida, desde el puerto de esta ciudad, hacia los campos de Flandes.

Abandoné el *American*, donde había entablado una íntima amistad con un colega llamado Damon Runyon, por el *Herald Tribune*, y acabé por fin en el *Times*.

He cubierto asesinatos y suicidios, guerras entre clanes de la mafia y elecciones municipales, guerras y los tratados que han terminado con ellas, he visitado a celebridades y a los habitantes de los barrios bajos. He vivido con los ricos y poderosos, y también con los pobres y menesterosos, he cubierto los actos de los grandes y los bondadosos, de los malvados y los pervertidos. Y todo en esta ciudad, que nunca muere y nunca duerme.

Durante la última guerra, aunque ya bastante mayor, conseguí que me enviaran a Europa, volé con nuestros B-17 sobre Alemania, lo cual debo deciros que me asustó hasta extremos inauditos, presencié la rendición del Tercer Reich, hace casi dos años, y mi última misión consistió en cubrir la conferencia de Potsdam, en el verano de 1945. Allí conocí al líder británico Winston Churchill, que perdió las elecciones en plena conferencia y fue sustituido por el nuevo primer ministro, Clement Attlee. También a nuestro presidente Truman, por supuesto, e incluso al mariscal Stalin, un hombre que, me temo, pronto dejará de ser nuestro amigo y se convertirá en nuestro enemigo.

A mi regreso estaba acercándose la hora de la jubilación, por lo que preferí marcharme antes de que me echaran. Fue entonces cuando recibí la amable oferta del rector de esta facultad de unirme a sus filas como profesor visitante, para intentar enseñaros algunas de las cosas que he aprendido a fuerza de experiencia.

Si alguien me preguntara cuáles son las cualidades necesarias para ser un buen periodista, yo diría que cuatro. La primera, intentar siempre no sólo ver, presenciar e informar, sino comprender. Comprender a la gente que conocéis, los acontecimientos que estáis viendo. ¿Conocéis el viejo dicho? Comprender todo es perdonar todo. El hombre no puede comprenderlo todo, porque es imperfecto, pero puede intentarlo al menos. Por lo tanto, intentemos informar de lo que sucedió en realidad a los que no estaban presentes pero desean saber. Porque en el futuro, la historia declarará que nosotros fuimos los testigos, que vimos más que los políticos, los funcionarios, los banqueros, los financieros, los magnates y los generales. Ellos se hallaban encerrados en sus mundos particulares, pero nosotros estábamos en todas partes. Y si somos unos testigos deficientes, que no comprendemos lo que vemos y oímos, sólo tomaremos nota de una serie de hechos y cifras, daremos crédito a las mentiras que nos cuentan para encubrir la verdad, y de esta forma crearemos una falsa imagen.

En segundo lugar, nunca dejar de aprender. El proceso es infinito. Hay que ser como una ardilla: almacenar los fragmentos de información y discernimiento con que te vas encontrando. Jamás se sabe cuándo una ínfima brizna de información proporcionará la explicación de un rompecabezas incomprensible hasta aquel momento.

En tercer lugar, hay que desarrollar el «olfato» para una historia. Se trata de una especie de sexto sentido, la conciencia de que algo no está bien, de que algo raro está pasando y nadie más que nosotros puede verlo. Si nunca desarrolláis este olfato, seréis tal vez competentes y concienzudos, un ejemplo para la profesión, pero las historias os pasarán de largo sin que lo sospechéis siquiera. Asistiréis a las ruedas de prensa oficiales y los poderes fácticos os dirán lo que quieran que sepáis. Informaréis con fidelidad de lo que han dicho, sea esto verdadero o falso. Cogeréis el talón semanal y volveréis a casa, satisfechos del trabajo bien hecho. Pero sin el olfato, nunca entraréis en el bar con una buena dosis de adrenalina en el cuerpo, sabiendo que acabáis de desvelar el mayor escándalo del año porque observasteis algo extraño en un comentario casual, en una columna de cifras alteradas, en un descargo injustificado, en una denuncia súbitamente retirada, y a todos vuestros colegas se les pasó por alto. No existe en nuestra profesión nada parecido a esa descarga de adrenalina. Es como ganar un Grand Prix, saber que acabas de conseguir una gran exclusiva y machacado a la competencia.

Los periodistas no estamos destinados a ser queridos. Al igual que los polis, es algo que hemos de aceptar si queremos dedicarnos a nuestra extraña carrera. Pero los ricos y poderosos, aunque no les gustemos, nos necesitan.

Es posible que la estrella de cine nos empuje a un lado cuando salga de su limusina, pero si la prensa no habla de ella o de sus películas, no publica su foto ni controla sus idas y venidas durante un par de meses, su agente no tardará en pedir atención a gritos.

Es posible que el político nos denuncie cuando llegue al poder, pero intentad hacer caso omiso de él cuando se presente a unas elecciones o tenga algún triunfo personal que anunciar, y suplicará que le hagáis caso.

A los ricos y poderosos les complace mirar a la prensa con desdén, pero nos necesitan, os lo aseguro. Porque viven de la publicidad que sólo nosotros podemos proporcionarles. Las estrellas del deporte quieren que se hable de sus hazañas, porque a los aficionados les interesan. Las maestras de ceremonias de la alta sociedad nos dirigen a la puerta de servicio, pero si hacemos caso omiso de sus bailes de caridad y sus conquistas sociales se disgustan.

El periodismo es una forma de poder. Mal utilizado, el poder deviene tiranía. Utilizado con mesura y prudencia, es una necesidad sin la que ninguna sociedad puede sobrevivir y prosperar. Eso nos lleva a la cuarta regla: nuestro trabajo no consiste en integrarnos en el orden establecido, en fingir que nos hemos alineado con los ricos y poderosos. Nuestro trabajo en una democracia es investigar, descubrir, comprobar, desvelar, cuestionar, interrogar. Nuestro trabajo es desconfiar, hasta que lo que nos dicen se demuestre cierto. Como tenemos el poder, nos acosan los charlatanes, los farsantes, los embaucadores, los vendedores de tres al cuarto, en el campo de las finanzas, el comercio, la industria, el mundo del espectáculo y, sobre todo, la política.

Vuestros maestros han de ser la verdad y el lector, nadie más. No aduléis jamás, no os acobardéis, no os sometáis y no olvidéis que el lector, con sus monedas, tiene tanto derecho a vuestro esfuerzo y vuestro respeto, y a saber la verdad, como el Senado. Por lo tanto, sed escépticos respecto del poder y los privilegiados, y contribuiréis a la buena fama de nuestra profesión.

Y ahora, como ya es tarde y debéis de estar cansados de tanto estudiar, contaré una historia para llenar el resto de la hora. En realidad se trata de una historia sobre una historia. Y no, no fui el héroe triunfal en ella, sino justamente lo contrario. Fue una historia cuyo desarrollo no conseguí percibir, porque era joven e impetuoso y no logré comprender los hechos que estaba presenciando.

También fue una historia, la única de mi vida, sobre la que nunca escribí. Jamás la entregué a la imprenta, pese a que los archivos contienen las generalidades básicas que, a la postre, el Departamento de Policía entregó a la prensa. Pero yo fui testigo: lo vi todo, tendría que haberme dado cuenta, pero no lo hice. En parte, por eso nunca la escribí, pero en parte también porque ciertas cosas podrían destruir a algunas personas si fueran reveladas. Algunas lo merecen, y las he conocido: generales nazis, capos de la mafia, líderes sindicales corruptos y políticos venales. Pero la mayoría de la gente no merece ser destruida, y las vidas de algunas personas son tan trágicas que revelar su desdicha sólo acrecentaría su dolor. ¿Todo esto por unos cuantos centímetros de columna, impresos en un periódico que al día siguiente servirá para envolver el pescado? Tal vez, pero pese a que entonces trabajaba para la prensa amarilla de Randolph Hearst y me habrían despedido si el director se hubiera enterado, lo que vi era demasiado triste para sacarlo a la luz. Ahora, transcurridos cuarenta años, ya no importa.

Corría el invierno de 1906. Yo tenía veinticuatro años y era un chico de las calles de Nueva York orgulloso de trabajar como reportero del *American*. Cuando recuerdo aquellos tiempos, me asombro de mi desvergüenza. Yo era impetuoso, pagado de mí mismo, pero no entendía nada.

Aquel diciembre, la ciudad alojaba a una de las cantantes de ópera más famosas del mundo, una tal Christine de Chagny. Había venido para actuar en la semana de inauguración de un nuevo teatro lírico, la Ópera de Manhattan, que cerró sus puertas tres años después. Tenía treinta y dos años, era guapa y encantadora. Había traído a su hijo de doce años, Pierre, junto con una doncella y el profesor particular del niño, un sacerdote irlandés, el padre Joseph Kilfoyle, más dos secretarios personales. Llegó seis días antes de su aparición inaugural en el teatro de la Ópera, el 3 de diciembre, en tanto que su marido lo hizo en otro barco el día 2, pues unos asuntos de sus propiedades en Normandía le habían retenido.

Aunque yo no sabía nada de ópera, su aparición causó mucho revuelo, porque ninguna cantante de su importancia había atravesado todavía el Atlántico para actuar en Nueva York. Era la comidilla de la ciudad. Por una combinación de suerte y desfachatez a la vieja usanza, logré convencerla de que me permitiera ser su guía particular en Nueva York. Era como un sueño. La prensa la acosaba hasta tal punto que su anfitrión, el empresario de ópera Oscar Hammerstein, había prohibido todo acceso a ella antes de la función inaugural. Pero yo estaba allí, con acceso a su suite del Waldorf-Astoria, y podía redactar boletines diarios de su itinerario y compromisos. Gracias a esto, mi carrera en la sección de noticias locales del *American* avanzaba a pasos agigantados.

No obstante, algo misterioso y extraño estaba ocurriendo alrededor de nosotros, y yo no caía en la cuenta. Ese «algo» implicaba a una figura escurridiza y extravagante que daba la impresión de aparecer y desaparecer a voluntad, pero que estaba desempeñando un papel de cierta importancia entre bastidores.

Primero, había aparecido una carta, traída en persona por un abogado de París. Por pura casualidad, le ayudé a entregar dicha carta en la sede de una de las empresas más ricas y poderosas de Nueva York. Allí, en la sala de juntas, vislumbré un segundo al hombre oculto tras la empresa, a quien iba dirigida la carta. Estaba observándome a través de un orificio abierto en la pared; su rostro era aterrador, y lo llevaba cubierto con una máscara. No le di muchas más vueltas, y de todos modos nadie me creyó.

Al cabo de cuatro semanas, la *prima donna* prevista para

la gala inaugural de la Ópera de Manhattan había sido postergada en favor de la diva francesa, cuyos honorarios eran astronómicos. También corrían rumores de que Oscar Hammerstein contaba con un patrocinador rico, un socio financiero que le había ordenado, desde las sombras, que efectuase el cambio. Tendría que haber sospechado la relación, pero no lo hice.

El día que la dama en cuestión llegó al muelle del Hudson, el extraño fantasma reapareció. En esta ocasión no fui yo quien lo vio, sino un colega. La descripción era idéntica: una figura solitaria y enmascarada, subida a lo alto de un almacén para observar a la diva parisiense. Tampoco esta vez comprendí la relación. Más tarde, resultó evidente que había ordenado contratarla, imponiéndose a Hammerstein. Pero ¿por qué? Al final lo descubrí, aunque era demasiado tarde ya.

Como he dicho, conocí a la dama, le caí bien y me permitió entrar en su suite para hacerle una entrevista en exclusiva. Delante de mí, su hijo desenvolvió un regalo anónimo, una caja de música en forma de mono. Cuando la señora de Chagny oyó la canción que el juguete mecánico tocaba, dio la impresión de que la había fulminado un rayo. Susurró: «*Masquerade*. Trece años. Tiene que estar aquí», pero tampoco vi la luz.

Estaba desesperada por seguir el rastro de aquel mono, y descubrí que debía de proceder de una juguetería de Coney Island. Dos días después, quien os habla les guió hasta allí. Una vez más, ocurrió algo muy extraño, y otra vez no establecí las conexiones evidentes.

El grupo estaba integrado por la *prima donna*, su hijo Pierre, el profesor particular de éste, el padre Joe Kilfoyle, y yo.

Como no me interesaban los juguetes, dejé a la señora de Chagny y su hijo al cuidado del maestro de ceremonias, que era el encargado del parque de atracciones. No me molesté en entrar en la juguetería. Debería haberlo hecho, pues más tarde averigüé que el hombre encargado de atender a la señora y a su hijo era nada menos que un ser siniestro llamado Darius, a quien yo había visto semanas antes cuando entregamos la carta procedente de París. Según me informó luego el maestro de ceremonias, aquel hombre había ofrecido sus servicios como experto en juguetes, pero la verdad era que se dedicó a interrogar al niño acerca de sus padres.

Bien, paseé por la orilla del mar con el sacerdote católico, mientras madre e hijo examinaban los juguetes de la tienda. Parece que había montones de monos mecánicos, pero ninguno tocaba la extraña melodía que habíamos oído en la suite del Waldorf-Astoria.

Después, la señora fue con el maestro de ceremonias a examinar la sala de los espejos del parque de atracciones. Yo no fui. En cualquier caso, no estaba invitado. Por fin, volví al parque de atracciones para ver si el grupo estaba preparado ya para regresar a Manhattan.

Vi que el sacerdote católico acompañaba al muchacho al carruaje que habíamos alquilado en la estación de tren, y observé que había otro vehículo casi al lado. Aquello me extrañó, porque el lugar estaba desierto.

Me encontraba a medio camino entre la puerta y la sala de los espejos, cuando apareció una figura que corría hacia mí como alma que lleva el diablo. Se trataba de Darius, el presidente de la empresa cuyo verdadero jefe parecía ser el hombre misterioso de la máscara. Pasó por mi lado como si yo no existiera. Venía de la sala de los espejos. Oí que gritaba algo, pero no a mí, sino al viento. No le entendí. No era inglés, pero como tenía buen oído para los sonidos, aunque no comprendiera su significado, cogí el lápiz y garrapateé lo que me había parecido oír.

Más tarde, mucho más tarde, en todos los sentidos, volví a Coney Island y hablé otra vez con el maestro de ceremonias, que me enseñó un diario que guardaba y en el que había anotado todo cuanto había sucedido en la sala de los espejos mientras yo paseaba por la playa. Si hubiera leído antes aquellos párrafos, habría comprendido lo que estaba pasando en torno a mí y habría hecho algo para impedir que ocurriese lo que luego ocurrió. Pero no vi el diario del maestro de ceremonias, y no entendí las tres palabras pronunciadas en latín.

Ahora tal vez os parezca extraño, pero en aquellos tiempos se vestía con mucha formalidad. Se esperaba que los jóvenes llevaran siempre trajes oscuros, a menudo con chaleco, además de cuellos y puños blancos almidonados. El problema era que los jóvenes de salario escaso no podían pagar la cuenta de la lavandería, así que muchos llevábamos cuello y puños blancos de celuloide postizos, que nos quitábamos por la noche y limpiábamos con un paño húmedo. Esto permitía utilizar durante varios días la misma camisa, pero siempre con el cuello y los puños impecables. Como llevaba mi libreta en el bolsillo de la chaqueta, anoté en mi puño izquierdo las palabras que el hombre a quien yo sólo conocía como Darius había gritado.

Parecía enloquecido cuando pasó por mi lado, muy diferente del ejecutivo frío que había conocido en la sala de juntas. Tenía los ojos negros abiertos de par en par, la cara blanca como una calavera, el pelo azabache agitado por el viento. Me volví y observé que llegaba a la entrada del parque. Allí se encontró con el cura irlandés, que había encerrado a Pierre en el carruaje y regresaba a buscar a su patrona.

Darius se detuvo cuando vio al sacerdote, y los dos se miraron durante varios segundos. Incluso desde una distancia de treinta metros pude sentir la tensión. Eran como dos pitbulls que se encuentran el día anterior a la pelea. Entonces Darius salió del trance, corrió hacia su coche y se marchó.

El padre Kilfoyle se acercó con semblante sombrío y pensativo. La señora de Chagny salió de la sala de los espejos pálida y desencajada. Yo me encontraba en mitad de un drama espantoso y no comprendía qué estaba presenciando. Volvimos a la estación del tren elevado y regresamos a Manhattan en silencio, a excepción del niño, que no paró de hablarme sobre la juguetería.

Mi última pista llegó tres días después. La gala inaugural fue un triunfo, y en ella se representó una nueva ópera cuyo nombre se me escapa, pero la verdad es que nunca fui un amante del género lírico. Por lo visto, la señora de Chagny cantó como los ángeles y dejó a la mitad del público hecho un valle de lágrimas. Más tarde, se celebró una fiesta en el mismo escenario. Vino el presidente Teddy Roosevelt con todos los capitostes de la sociedad de Nueva York. Había boxeadores, Buffalo Bill, y otros muchos que presentaron sus respetos a la joven estrella.

La ópera estaba ambientada durante la guerra de Secesión, y el decorado principal era la fachada de una magnífica mansión de Virginia, con una puerta principal elevada y escalones que descendían por cada lado hasta la altura del escenario. De pronto, cuando la fiesta estaba en su apogeo, un hombre apareció en el umbral.

Le reconocí al instante, o eso creí. Iba vestido con el uniforme del personaje que había representado, un capitán herido de las fuerzas de la Unión, con lesiones tan graves en la cabeza que casi toda su cara iba cubierta con una máscara. Era quien había cantado un apasionado dúo con la señora de Chagny en el acto final, cuando él le devolvía su anillo de compromiso. Lo extraño era que, considerando que la obra ya había terminado, aún llevaba la máscara. Entonces al fin comprendí por qué. Era el fantasma, la figura escurridiza que parecía ser dueña de casi todo Nueva York, que había contribuido con su dinero a construir el teatro de la Ópera de Manhattan y había traído del otro lado del Atlántico a la aristócrata francesa para que cantase. Pero ¿por qué? No lo descubrí hasta que ya era demasiado tarde.

En aquel momento, yo estaba hablando con el vizconde de Chagny, un hombre encantador muy orgulloso del éxito de su mujer, y contento de haber conocido a nuestro presidente. Vi por encima de su hombro que la vizcondesa subía por la escalera hasta el pórtico y hablaba con el personaje del que yo empezaba a sospechar que era el fantasma. Sabía que se trataba de él otra vez. No podía ser nadie más, y daba la impresión de que poseía cierta influencia sobre ella. Yo aún no había descubierto que se habían conocido trece años antes en París, aparte de otras muchas cosas.

Antes de separarse, él le entregó una nota doblada, que ella deslizó en el interior de su corpiño. Después, el extraño desapareció, como siempre, visto y no visto.

Había una columnista de notas de sociedad de un diario rival, el *New York World*, un periodicucho de Pulitzer, y al día siguiente escribió que había sido la única en presenciar el incidente. Se equivocaba. Yo también lo había observado. Y no sólo eso. No perdí de vista a la dama durante el resto de la velada, y al cabo de un rato observé que se apartaba de los invitados, abría la nota y la leía. Cuando hubo terminado, miró alrededor, arrugó el papel y lo arrojó a uno de los cubos de basura dispuestos para recoger botellas vacías y servilletas sucias. Unos momentos después, me hice con él. Y, por si os interesaba, hoy lo he traído.

Aquella noche me limité a guardarlo en el bolsillo. Quedó olvidado durante una semana sobre el tocador de mi pequeño apartamento, y más tarde lo conservé como el único recuerdo de los acontecimientos que habían sucedido ante mis ojos. Reza así: «Déjame ver de nuevo al chico. Déjame decirle adiós por última vez. Por favor. El día que vayas a zarpar. Al amanecer. Battery Park. Erik.»

Sólo entonces empecé a encajar algunas piezas. Era el admirador secreto anterior a su matrimonio. El amor no correspondido que, doce años antes, había emigrado a Estados Unidos, donde había adquirido riquezas y poder suficientes para conseguir que fuera a inaugurar su propio teatro de la ópera. Muy conmovedor, pero más para una escritora de novelas románticas que para un endurecido reportero de Nueva York, pues eso me consideraba yo. ¿Por qué iba enmascarado? ¿Por qué no salía a su encuentro como todo el mundo? No tenía respuestas para estos interrogantes. Tampoco las buscaba, y ése fue mi error.

En cualquier caso, la diva cantó seis noches. Cada vez, el teatro se venía abajo. El 9 de diciembre fue su última actuación. Otra *prima donna*, Nellie Melba, la única rival posible de la aristócrata francesa, iba a llegar el día 12. La señora de Chagny, su marido, su hijo y su séquito, subirían a bordo del *RMS City of Paris*, con destino a Southampton

(Inglaterra), para actuar en el Covent Garden. Debían zarpar el 10 de diciembre, y a causa de la amistad que ella me había demostrado, decidí ir a despedirla. Para entonces, todo el mundo me aceptaba ya como un miembro más de la familia. En la fiesta de despedida privada que se celebraría en su camarote, me concedería la última entrevista en exclusiva para el *New York American*. Después, volvería a cubrir las actividades de los asesinos, los detectives y los peces gordos de la ciudad.

La noche del 9 dormí mal. No sé por qué, pero todos sabéis que esas cosas ocurren, y llega un momento en que es inútil seguir intentando conciliar el sueño. Lo mejor es levantarse y tirar la toalla. Lo hice a las cinco de la mañana. Me lavé y afeité, y después me puse mi mejor traje oscuro, mi cuello de celuloide y me anudé la corbata. Sin pensarlo, cogí dos puños de la media docena que había sobre el tocador y me los puse. Como había despertado tan temprano, pensé que lo mejor sería ir al Waldorf-Astoria y desayunar con el grupo francés. Fui a pie para ahorrarme el taxi, y llegué a las siete menos diez minutos. Aún estaba oscuro, pero encontré al padre Kilfoyle sentado a solas en el comedor, delante de una taza de café. Tras saludarme con afecto, me indicó que le acompañara.

—Ah, señor Bloom —dijo—, hemos de abandonar su bonita ciudad. ¿Vendrá a despedirnos? Estupendo, pero unas gachas calientes y una tostada le sentarán de perlas. Camarero...

Al cabo de poco entró el vizconde, y el sacerdote y él intercambiaron unas frases en francés. No entendí ni una palabra, pero pregunté si la vizcondesa y Pierre se reunirían con nosotros. El padre Kilfoyle señaló al vizconde y me dijo que la señora había ido a la habitación del chico para ayudarle a preparar sus cosas, según le acababa de comunicar su padre. Yo pensé que la realidad era muy distinta, pero no dije nada. Si la dama se escabullía para despedirse de su extraño patrocinador, no era asunto mío. Suponía que a eso de las ocho aparecería en taxi ante la puerta del hotel y ella nos saludaría con su sonrisa desarmante y sus modales exquisitos.

Los tres seguimos sentados, y para entablar conversación pregunté al cura si le había gustado Nueva York.

—Mucho —respondió—. Es una ciudad estupenda llena de compatriotas.

—¿Y Coney Island? —pregunté.

Su semblante se ensombreció.

—Un lugar extraño —dijo por fin—, con gente extraña.

—¿Se refiere al maestro de ceremonias? —pregunté.

—A él... y a otros —contestó.

Aún sin sospechar nada, insistí.

—Ah, se refiere a Darius —dije.

Se volvió en redondo y me taladró con sus ojos azules.

—¿De qué le conoce? —inquirió.

—Le vi una vez —respondí.

—Dígame dónde y cuándo —dijo, y era más una orden que una pregunta. De todos modos, el asunto de la carta me parecía inofensivo, así que le expliqué lo sucedido entre el abogado de París y yo, y nuestra visita a la suite de la azotea situada en lo alto de la torre más alta del mundo. No se me había ocurrido que el padre Kilfoyle, aparte de ser el profesor particular del chico, también era el confesor de los vizcondes.

En un momento dado, el vizconde de Chagny, aburrido porque no entendía el inglés, se había excusado y subido a su habitación. Yo continué con mi narración, y expliqué que había quedado sorprendido cuando Darius pasó corriendo por mi lado en el parque de atracciones, con aspecto perturbado, y gritó tres palabras incomprensibles, sostuvo su breve enfrentamiento visual con el padre Kilfoyle y marchó. El sacerdote escuchaba en silencio, y luego me preguntó:

—¿Recuerda lo que dijo?

Le expliqué que se trataba de un idioma extranjero, pero que había apuntado en mi puño izquierdo lo que creí entender.

En este momento, el señor de Chagny volvió. Parecía preocupado, y habló a toda prisa en francés con el padre Kilfoyle, que me lo tradujo.

—No están aquí. La madre y el hijo han desaparecido.

Yo conocía el motivo, y traté de tranquilizarles.

—No se preocupen. Han ido a una cita.

El cura me traspasó con la mirada, olvidó preguntar cómo lo sabía, y repitió mis últimas palabras:

—¿Una cita?

—Sólo para despedirse de un viejo amigo, un tal señor Erik —expliqué, confiando en ser de utilidad.

El irlandés no paraba de mirarme, y entonces pareció recordar de qué estábamos hablando antes de que el vizconde regresara. Cogió mi brazo izquierdo y lo hizo girar.

Y allí estaban las tres palabras escritas a lápiz. Durante diez días, aquel puño había estado tirado junto con los otros sobre el tocador, y aquella mañana me lo había puesto por casualidad. El padre Kilfoyle echó un vistazo al puño y emitió una sola palabra, que yo creía desconocida para los sacerdotes católicos. Pero no sólo la conocía, sino que la utilizó. Se puso en pie de un salto, me cogió de la garganta para levantarme y me gritó a la cara:

—¿Adónde ha ido, en nombre de Dios?

—Al Battery Park —grazné.

Cruzó el vestíbulo como una exhalación, seguido de mí y del desventurado vizconde. Salió por las puertas batientes y encontró una berlina bajo la marquesina, a la que se aprestaba a subir un caballero tocado con sombrero de copa. Agarró al pobre hombre de la chaqueta y lo hizo violentamente a un lado, al tiempo que subía de un salto al vehículo y gritaba al cochero:

—Al Battery Park, a toda prisa.

Apenas tuve tiempo de subir detrás de él, y arrastré tras de mí al pobre francés cuando el carruaje ya se ponía en marcha.

Durante todo el viaje, el padre Kilfoyle fue acurrucado en un rincón, con la cruz que colgaba de su cuello fuertemente apretada entre las manos. Murmuraba con furia:

—Santa María, Madre de Dios, permítenos llegar a tiempo.

En un momento dado, se inclinó hacia mí y señaló la anotación escrita en mi puño.

—¿Qué significa? —pregunté.

—*Delenda est filius* —contestó, y repitió las palabras que yo había anotado—. Significa: «El hijo ha de ser eliminado.»

Me recliné en el asiento, al borde de las náuseas.

No era la *prima donna* quien se encontraba en peligro por culpa del loco que había pasado corriendo por mi lado en Coney Island, sino su hijo. Pero el misterio continuaba. ¿Por qué Darius, obsesionado como debía de estar por heredar la fortuna de su amo, quería matar al inofensivo hijo de la pareja de franceses? El carruaje cruzó una avenida Broadway casi desierta y continuó hacia el este, más allá de

Brooklyn, mientras la aurora teñía de rosa el cielo. Llegamos a la puerta principal de State Street. El sacerdote se apeó y entró corriendo en el parque de atracciones.

En aquella época el Battery Park no era como ahora. Hoy está lleno de vagabundos y marginados, pero entonces era un lugar tranquilo y plácido, con una red de senderos que partían de Castle Clinton, salpicado aquí y allá por glorietas y bancos de piedra. Pensábamos que tal vez en alguna de ellas encontraríamos a las personas que habíamos ido a buscar.

Frente a la puerta del parque observé tres carruajes diferentes. Uno era una berlina cerrada con el emblema del Waldorf-Astoria, sin duda la que había transportado a la vizcondesa y a su hijo. El cochero estaba sentado en el pescante, acurrucado para protegerse del frío. El segundo era otra berlina de igual tamaño, sin señales distintivas, pero de un estilo y en un estado de conservación que indicaban que su propietario era un hombre rico.

Estacionado a cierta distancia había un carruaje pequeño, la calesa que había visto diez días antes delante del parque de atracciones. Estaba claro que Darius también estaba allí, y que no había tiempo que perder. Entramos corriendo por la puerta del parque.

Ya dentro, nos separamos y fuimos en diferentes direcciones para cubrir más terreno. Aún estaba oscuro entre los árboles y los setos, y costaba diferenciar las formas humanas de los arbustos. No obstante, al cabo de varios minutos oí voces; una era masculina, profunda y melodiosa, y la otra pertenecía a la bella cantante de ópera. Me pregunté si debía dar media vuelta para avisar a los demás o acercarme. Lo que hice fue acercarme con sigilo, hasta situarme detrás de un seto que bordeaba un claro.

Debería haber corrido hacia ellos y gritado una advertencia, pero el chico no estaba allí. En un rapto de optimismo pensé que tal vez la vizcondesa lo había dejado en el hotel, de modo que agucé el oído. Se hallaban uno en cada extremo del claro, pero yo oía con claridad sus voces.

El hombre iba enmascarado, como siempre, pero en cuanto le vi supe que era el oficial de la Unión que había cantado aquel dúo asombroso con la *prima donna* en el teatro de la Ópera y había conseguido arrancar lágrimas al público. La voz parecía la misma, pero era como si nunca antes la hubiese oído.

—¿Dónde está Pierre? —inquirió.

—Aún sigue en el coche —contestó la mujer—. Le he pedido que nos concediera unos minutos. Vendrá enseguida.

Me dio un vuelco el corazón. Si el niño estaba en el carruaje, cabía la posibilidad de que Darius no le encontrara.

—¿Qué quieres de mí? —preguntó la mujer al fantasma.

—Toda mi vida he sido rechazado y desairado, tratado con crueldad y con desprecio. El motivo... lo conoces demasiado bien. Sólo una vez, hace muchos años, pensé por un instante que había encontrado el amor, algo más grande y tierno que la eterna amargura de la existencia...

—Basta, Erik —le interrumpió ella—. No pudo ser, no puede ser. Una vez pensé que eras un fantasma verdadero, mi Ángel de la Música invisible. Más tarde averigüé la verdad, que eras un hombre en todos los sentidos. Entonces, llegué a temerte, a temer tu poder, tu ira a veces salvaje, tu genio; pero ese miedo iba acompañado de una fascinación compulsiva, como la que experimenta un conejo ante una cobra.

»Aquella última noche, en la oscuridad que reinaba junto al lago, en el subsuelo de la Ópera, estaba tan asustada que temí morir de miedo. Estaba semiinconsciente en el momento en que pasó... lo que pasó. Cuando nos perdonaste la vida a Raoul y a mí, y desapareciste entre las sombras, creí que nunca más volvería a verte. Después, comprendí mejor todo lo que habías sufrido y sólo sentí compasión y ternura por mi aterrador exiliado.

»Pero jamás experimenté amor, verdadero amor, algo comparable a la pasión que sentías por mí... Tendrías que haberme odiado.

—Nunca te odié, Christine. Sólo sentí amor por ti. Te quise entonces, y siempre te querré. Ahora, sin embargo, lo acepto. La herida ha cicatrizado al fin. Hay otro amor. Mi hijo. Nuestro hijo. ¿Qué le dirás de mí?

—Que tiene un amigo, un amigo leal y querido, aquí en Estados Unidos. Dentro de seis años le contaré la verdad, que tú eres su verdadero padre, y él elegirá. Si es capaz de aceptar que Raoul, sin ser su verdadero padre, ha sido para él todo lo que un padre puede ser, y ha hecho por él todo lo que un padre puede hacer, acudirá a ti, y con mi bendición.

Yo estaba detrás del seto, conmocionado por lo que acababa de oír. De pronto, todo lo que no había comprendido quedó muy claro: la carta de París, que informaba a aquel extraño ermitaño que tenía un hijo vivo; el plan secreto para atraer a madre e hijo a Nueva York; la cita clandestina y, lo más terrible de todo, el odio demencial de Darius hacia el muchacho, que ahora le desplazaría como heredero del multimillonario.

Darius... Recordé de pronto que también él se encontraba agazapado entre las sombras, y me dispuse a delatar mi presencia para avisarles del peligro. En aquel momento, oí a mi derecha los pasos de los demás, que se acercaban. Salió el sol, bañó el claro con una luz rosada y tiñó del mismo color la capa de nieve que había caído por la noche. Entonces advertí la presencia de tres figuras.

Por senderos diferentes, el vizconde y el cura aparecieron a mi derecha. Ambos se detuvieron cuando vieron al hombre de la capa, el sombrero de ala ancha y la máscara que siempre cubría su cara, hablando con la señora de Chagny. Oí que el vizconde susurraba: «*Le Fantôme.*» A mi izquierda, Pierre llegó corriendo. En ese instante, oí un crujido cerca de mí. Me volví.

Entre dos grandes arbustos, a menos de diez metros de distancia, casi invisible en la semipenumbra, vi la figura acuclillada de un hombre. Iba vestido de negro, pero vislumbré un rostro pálido como el hueso y algo en su mano derecha, de cañón largo. Respiré hondo y abrí la boca para gritar, pero ya era demasiado tarde. Los acontecimientos se desarrollaron a tal velocidad que tendré que referírselos con parsimonia.

Pierre llamó a su madre:

—Mamá, ¿ya podemos irnos a casa?

Ella se volvió hacia el muchacho con su sonrisa brillante, abrió los brazos y dijo:

—*Oui, chéri.*

Pierre echó a correr. La figura agazapada entre los matorrales se levantó, tendió el brazo y apuntó al chico con lo que resultó ser un Navy Colt. Fue entonces cuando grité, pero un ruido mucho más potente ahogó mi grito.

El chico se abrazó a su madre. Para evitar que el impulso la hiciera perder el equilibrio, ella le alzó al tiempo que se volvía. Mi grito de advertencia y la detonación del Colt sonaron al mismo tiempo. Vi que la joven se estremecía como si la hubieran golpeado en la espalda, que era lo que había sucedido, porque al girar había parado con el cuerpo la bala destinada a su hijo.

El hombre de la máscara se volvió hacia el lugar de donde procedía el disparo, vio la figura entre los arbustos, extrajo algo de debajo de la capa, tendió el brazo y disparó. Oí el chasquido de la diminuta Derringer con su única bala, pero fue suficiente. El asesino se llevó las manos a la cara. Cuando se desplomó de cara al cielo sobre la nieve, un agujero negro se destacaba en el centro de su frente.

Yo estaba paralizado. Gracias a la Providencia, no podía hacer nada. Ya era demasiado tarde, porque había visto y oído mucho, y no había entendido nada.

Al oír el segundo disparo, todavía sin comprender, el muchacho soltó a su madre, que cayó de rodillas. Una mancha roja empezaba a extenderse por su espalda. La bala había quedado alojada dentro de su cuerpo. El vizconde gritó, «¡Christine!», y corrió a tomarla en sus brazos. Ella le miró y sonrió.

El padre Kilfoyle estaba arrodillado a su lado. Se quitó la amplia faja que ceñía su cintura, besó ambos extremos y la pasó alrededor de su cuello. Rezaba con mucha rapidez, mientras gruesas lágrimas resbalaban sobre su austero rostro irlandés. El hombre de la máscara dejó caer su pistola y permaneció inmóvil como una estatua, con la cabeza gacha. Sus hombros se hundieron en silencio mientras lloraba.

Al principio, dio la impresión de que Pierre era incapaz de comprender lo que ocurría. En un momento dado, su madre le estaba abrazando, y al instante siguiente agonizaba ante sus ojos. La primera vez que gritó «*Maman!*» fue como una pregunta. La segunda y la tercera vez, como un grito lastimero. Después, como pidiendo una explicación, se volvió hacia el vizconde.

—¿Papá?

Christine de Chagny abrió los ojos y vio a Pierre. Habló por última vez, con mucha claridad, antes de que su divina voz enmudeciera para siempre.

—Pierre —dijo—, este hombre no es tu verdadero padre. Te ha criado como si fueras suyo, pero tu verdadero padre está allí. —Indicó con la cabeza la figura enmascarada—. Lo lamento, querido mío.

Entonces murió. No me extenderé sobre ello. Murió, y punto. Sus ojos se cerraron, el último aliento escapó de su boca y su cabeza descansó sobre el pecho de su marido. Se hizo un silencio absoluto durante varios segundos, que parecieron eternos. El muchacho miró a un hombre y luego al otro. Después, preguntó al vizconde una vez más:

—¿Papá?

Durante aquellos últimos días había llegado a considerar al aristócrata francés un hombre decente, aunque inútil, comparado con el dinámico sacerdote. Pero de pronto pareció adquirir más sustancia.

El cadáver de su esposa descansaba sobre el hueco de su brazo izquierdo. Con la mano derecha, le quitó poco a poco el anillo de oro. Recordé la escena final de la ópera, cuando el soldado del rostro destrozado le había devuelto ese mismo anillo como señal de que aceptaba la imposibilidad de su amor. El vizconde francés apretó la alianza contra la palma de la mano de su desesperado hijastro.

A un metro de distancia, Kilfoyle seguía de rodillas. Había dado a la diva la absolución antes de morir y, una vez cumplido su deber, rezaba por su alma inmortal.

El vizconde de Chagny cogió a su esposa muerta en

brazos y se puso en pie. Entonces, el hombre que había criado al hijo de otro, dijo en un inglés vacilante.

—Es verdad, Pierre. Mamá no ha mentido. He hecho por ti todo cuanto he podido, pero no soy tu verdadero padre. El anillo pertenece a quien es tu padre a los ojos de Dios. Devuélveselo. Él también la quería, de un modo diferente del mío.

»Voy a devolver a París a la única mujer que he amado en mi vida, para que descanse en el suelo de Francia. Hoy, aquí, en este momento, has dejado de ser un niño para convertirte en un hombre. Ahora, tú has de elegir.

Permaneció inmóvil, con el cadáver de su mujer en brazos, esperando una respuesta. Pierre se volvió y miró durante largo rato al hombre de quien decían que era su padre natural.

El hombre al que yo llamaba el fantasma de Manhattan seguía con la cabeza gacha, y los metros que le separaban de los demás parecían representar la distancia que le separaba de la raza humana. El ermitaño, el eterno extraño que en un momento de su vida había pensado que tenía alguna posibilidad de ser aceptado en los goces humanos, pero había sido rechazado. Ahora, todo en él decía que, en el pasado, había perdido cuanto quería, e iba a perderlo otra vez.

El silencio se prolongó unos segundos más, mientras el muchacho le miraba. Ante mis ojos tenía lo que los franceses llaman un *tableaux vivant*. Seis figuras, dos muertas y cuatro transidas de dolor.

El vizconde francés, con una rodilla en tierra, acunaba a su mujer. Había apoyado la mejilla sobre la cabeza de la difunta, que descansaba contra su pecho, y acariciaba su cabello oscuro como para consolarla.

El fantasma continuaba inmóvil, derrotado por completo. Darius yacía a escasos metros de mí, con los ojos abiertos clavados en un cielo invernal que ya no podía ver. Pierre estaba al lado de su padrastro, con el mundo en el que había creído a pies juntillas destrozado.

El cura continuaba de rodillas, con la cara alzada hacia el cielo y los ojos cerrados, pero observé que aferraba la cruz de metal entre sus manazas y movía los labios en una muda oración. Más tarde, todavía consumido por mi imposibilidad de explicar lo que había sucedido a continuación, le visité en su casa del Lower East Side. Aún no he comprendido del todo lo que me dijo, pero os lo voy a repetir.

Dijo que en aquel claro silencioso había oído chillidos mudos. Oyó el dolor lacerante del francés que se hallaba a escasos metros de distancia. Oyó el dolor perplejo del niño al que había dado clases durante siete años. Pero sobre todo, añadió, oyó algo más. En el claro había un alma en pena que gritaba desesperada, como el albatros errante de Coleridge, que surcaba un cielo de dolor sobre un océano de desesperación. Rezó para que aquella alma en pena encontrara la salvación en el amor de Dios. Rezó para que ocurriera un milagro. Veréis, yo era un judío impetuoso del Bronx, ¿qué sabía yo de almas en pena, de redención y de milagros? Sólo puedo contaros lo que vi.

Pierre cruzó el claro lentamente, en dirección al hombre misterioso. Éste levantó una mano y se quitó el sombrero de ala ancha; me dio la impresión de que dejaba escapar un sollozo. El cráneo era calvo, salvo por unos pocos mechones de pelo ralo, y la piel estaba surcada de cicatrices lívidas, como si fuese de cera fundida. El muchacho apartó la máscara sin decir palabra.

He visto cadáveres que llevaban muchos días en el río Hudson, he visto a hombres destrozados en los campos de batalla de Europa, pero nunca he visto un rostro como aquél. Por un lado, sólo una parte de la mandíbula y los ojos, de los que brotaban lágrimas, parecían humanos, en un rostro desfigurado, casi inhumano. Comprendí por fin el motivo por el cual aquel hombre iba siempre enmascarado y se escondía del resto de los humanos y de nuestra sociedad. No obstante, se erguía, desnudo y humillado, ante nosotros, delante del muchacho que era su hijo.

Pierre contempló el horrible rostro durante largo rato, sin dar muestras de repulsión o miedo. Después, dejó caer la máscara que sujetaba con la mano derecha. Cogió la mano izquierda de su padre y le puso el anillo de oro en el dedo medio.

A continuación, abrazó al hombre que lloraba y dijo con voz muy clara:

—Quiero quedarme contigo, padre.

Eso es todo, damas y caballeros. Al cabo de escasas horas, la noticia del asesinato de la diva recorrió Nueva York. Se culpó a un fanático enloquecido, que había sido abatido a tiros en el mismo lugar de los hechos. Era una versión que convenía al alcalde y a las autoridades municipales. En cuanto a mí, fue la única historia de toda mi carrera que nunca escribí, aunque si se hubieran enterado me habrían despedido. Ahora ya es demasiado tarde para escribirla.

EPÍLOGO

El cuerpo de Christine de Chagny fue enterrado junto al de su padre, en el cementerio de la aldea de Bretaña en la que ambos habían nacido.

El vizconde, aquel hombre bondadoso y amable, se retiró a su propiedad de Normandía. No volvió a casarse y conservó siempre a su lado una fotografía de su amada esposa. Murió por causas naturales en la primavera de 1940, y no llegó a ver la invasión de su tierra natal.

El padre Joe Kilfoyle se quedó y estableció en Nueva York, donde fundó un refugio y una escuela para niños abandonados, desamparados y maltratados del Lower East Side. Renunció a todo ascenso eclesiástico y prefirió ser el padre Joe para varias generaciones de muchachos carentes de privilegios. Sus hogares y escuelas siempre recibieron generosas donaciones, pero nunca reveló el origen de los fondos. Murió, ya muy anciano, a mediados de la década de los cincuenta. Durante los últimos tres años de su vida estuvo confinado en una residencia para sacerdotes ancianos situada en una pequeña ciudad de la costa de Long Island, donde las monjas que le cuidaban informaron que se sentaba en el muelle, envuelto en una manta, con la mirada perdida en el mar y soñando con una granja cerca de Mullingar.

Pierre de Chagny terminó sus estudios en Nueva York, se graduó en una prestigiosa universidad del Este y colaboró con su padre en la dirección de la enorme empresa familiar. Durante la Primera Guerra Mundial, ambos cambiaron el apellido familiar Muhlheim por otro, todavía conocido y respetado en todo Estados Unidos.

La empresa se hizo famosa por su filantropía en una amplia gama de problemas sociales, fundó una institución muy importante para la corrección de las deformaciones y creó muchas fundaciones de caridad.

El padre se retiró a mediados de los años veinte a una propiedad apartada de Connecticut, donde vivió rodeado de libros, cuadros y su amada música. Le atendían dos veteranos de guerra, ambos cruelmente desfigurados durante la contienda, y desde aquel día en Battery Park no volvió a utilizar la máscara.

El hijo, Pierre, se casó una vez y murió ya anciano, el año que el primer norteamericano puso el pie en la Luna. Sus cuatro hijos aún le sobreviven.

ÍNDICE